# *Bir Eşeğin Anıları*

Comtesse de Ségur

Çeviren
Güzin Sayar

TÜRKİYE İŞ BANKASI
Kültür Yayınları

COMTESSE DE SÉGUR
**BİR EŞEĞİN ANILARI**

ÖZGÜN ADI
LES MEMORIES D'UN ANE

ORİJİNAL FRANSIZCA METİNDEN
KISALTILMADAN ÇEVRİLMİŞTİR

© TÜRKİYE İŞ BANKASI KÜLTÜR YAYINLARI, 2006
Sertifika No: 11213

ÇEVİREN
GÜZİN SAYAR

EDİTÖR
NEVİN AVAN ÖZDEMİR

GRAFİK UYGULAMA
TÜRKİYE İŞ BANKASI KÜLTÜR YAYINLARI

İŞ BANKASI KÜLTÜR YAYINLARI'NDA
I. BASKI, MART 2006
5. BASKI, HAZİRAN 2009
Genel Yayın Numarası: 1407

ISBN 978-9944-88-287-3

BASKI
KİTAP MATBAACILIK SAN. TİC. LTD. ŞTİ.
DAVUTPAŞA CADDESİ NO: 123 KAT: 1
TOPKAPI İSTANBUL
(0212) 482 99 10
Sertifika No: 0107-34-007147

TÜRKİYE İŞ BANKASI KÜLTÜR YAYINLARI
İSTİKLAL CADDESİ, NO: 144 KAT:4 BEYOĞLU 34430 İSTANBUL
Tel. (0212) 252 39 91
Fax. (0212) 252 39 95
www.iskultur.com.tr

# I
## PAZARDAN KAÇIŞ

Çocukluğumu pek hatırlamam. Bütün sıpalar gibi güzel, zarif bir yaratıktım besbelli. Yalnız, mutlu değildim! Akıllı olduğuma da şüphe yoktu elbette... Bugün bile arkadaşlarımın hepsinden daha kafalı olduğuma bakılırsa. Efendilerimi de kaç kere yendim! Eh, onlar insan, eşek kadar akıllı olabilirler mi hiç?

Gelin de, size insanlara oynadığım bir oyunu anlatarak, başlayayım hikayeme.

İnsanlar, biz eşeklerin bildiklerini bilmek zorunda değiller. Onun için, bu kitabı okuyacak olan sizler de eşek arkadaşlarımın bildikleri şeylerden habersiz olmalısınız...

Mesela şehirdeki pazarda her salı günü sebze, tereyağı, yumurta, peynir, yemiş... daha bir sürü nefis şeyler satılır. Zavallı meslektaşlarım için salı günü demek işkence günü demektir. Ben de onlardan ayrı olmadığıma göre, durumum başka türlü değildi elbette... ta ki, şimdi yanında yaşadığım büyükanneniz yaşlı hanımım beni yanına alıncaya kadar. Daha önce bir çiftçi kadının malıydım. Bu vicdansız insan benden ne de çok iş beklerdi, yarabbim! Düşünsenize, Sevgili Küçük Efendim, tavukların yumurtladığı yumurtalardan tutun da, ineklerin verdiği sütten yapılan yağlara, peynirlere, hafta içinde olgunlaşan yemişlere, sebzeye kadar ne varsa hepsini sepetlere doldurup sırtıma yüklerlerdi.

Böylesine ağır bir yükün altında nasıl zorlukla yürüyeceğimi bilmezken, o vicdansız kadın da sepetlerin üstüne oturmaz mıydı bir de üstelik! İşte bu halde yorgun, ezik, dünyanın öbür ucundaki pazara sürüklenirdim.

Doğrusunu isterseniz fena halde kızıyordum ama belli etmemeye çalışıyordum. Çünkü hınzır cadı, sopasıyla beni bir temiz döverdi, buna emindim. Hanımımın boğum boğum kocaman bir sopası vardı ki, vurduğu yerden ateş fışkırırdı.

Ne zaman pazar hazırlığı başlasa, iç çeker, derin derin inlerdim; efendilerimin acıyacağını umarak anırırdım da... Ne gezer! Hiç oralı bile olmazlar, "Hay koca tembel hay!" derlerdi beni almaya geldikleri zaman. "O cırtlak kalın sesinle kulaklarımızı sağır etmeden susacak mısın sen?.. Nedir bu Ai! Ai! Ai! Amma da tatlı bir müzik dinletiyorsun bize! Oğlum, şu avareyi kapının önüne yaklaştır da, annen sırtına yükünü yerleştiriversin!.. Alın şu bir sepet yumurtayı... Ötekini de... Peynirlerle yağlar... Şimdi de sebzeleri yükleyelim... Tamam!.. Hiç değilse bize beş frank getirecek kadar mal var... Kızım, sen de anneciğine bir sandalye getir de, üzerine çıksın... Hah! Bu da oldu!.. Hadi güle güle, karıcığım. Bu tembeli yürütmeye bak... Hele değneği eline al bakayım..."

— Pat! Pat!..

— Güzel!.. Bir-iki kere onu böyle okşayacak olursan, bal gibi yürür...

Şırrak! Şırrak!.. Sopa durmadan arkama, bacaklarıma, sırtıma inerdi. Hızla yürür, dörtnala giderdim. Çiftçinin karısı hiç durmaz bana boyuna vururdu. Bu derece haksızlık, hayınlık beni öyle üzüyordu ki! Bilemezsiniz!.. Hanımımı yere atabilmek için arka ayaklarımı kaldırmaya çalışırdım, ama nerede! Yüküm öyle ağırdı ki! Zıplamayı bir yana bırakın, ayaklarımı bile oynatamazdım. Neyse, en sonunda yere yuvarlayıverdim onu... Açıkçası buna çok da sevinmiştim...

— Vay vicdansız eşek! Vay budala hayvan! İnatçı seni! Sana sopamla iyice bir ders vereyim de gör hele!

Gerçekten de öyle bir vurdu ki şehre kadar zorlukla yürüyebildim.

Derken, pazara geldik. Sıyrık içinde kalan zavallı sırtımdan sepetleri indirdiler, yere koydular. Hanım da beni bir direğe bağlayarak yemeğe gitti. Açlıktan, susuzluktan yorgun bir haldeydim ama ne bir demetçik ot veren olmuştu, ne de bir damla su...

Etrafıma baktım, kadının oralarda olmamasından faydalanarak, sebzelere yaklaşmaya, dilimin kuruluğunu birer sepet salata ve lahana ile gidermeye çalıştım.

Aman, ne güzeldi!.. Ömrümde böylesine tatlı şeyler yememiştim... En son lahanayla salatayı mideme indirirken, çiftçi kadın geliverdi... Sepetinin boşaldığını görür görmez bir çığlık kopardı, neredeyse herkesi başımıza üşüştürecekti. Galiba birazcık küstah bir bakışım vardı, halimden de pek memnun olduğum belliydi... Hemen suçumu anlayıverdi. Savurduğu küfürleri size tekrarlamak niyetinde değilim elbette. Kadının pek de kaba, sert bir sesi vardı. Bir de hırslanırsa ağzına geleni söyler, en ağır küfürleri ederdi. Eşek olduğum halde kulaklarıma kadar kıpkırmızı kesilirdim.

Bu ağır, kötü sözleri işittikçe, sadece dudaklarımı yalayıp sırtımı dönmekle yetiniyordum. Bu halime daha da kızmış olacak, eline sopayı alınca beni öyle bir dövmeye koyuldu ki! Dayanamadım, iki, üç tekme savuruverdim.

Birincisi, hanımın ne burnunu bıraktı, ne dişlerini... İkincisi ise bileğini çatlatmıştı sanırım. Üçüncüsü karnına rastladığı için kadını yere devirdi.

Bunun üzerine yirmi kişinin nasıl üzerime çullandığını görecektiniz... Vurdular da vurdular, o güne kadar duymadığım küfürleri ettiler...

Hanımımı nereye götürdüklerini bilmiyorum, beni de getirdiğim sepetlerin yanındaki bir direğe bağladılar. Uzun zaman orada kaldım. Kimse benimle ilgilenmiyordu. Bunu fark edince bir sepet daha o nefis sebzelerden atıştırdım doğrusu... Dişlerimle de ipimi koparıp, yavaş yavaş çiftliğin yolunu tuttum...

Rastladığım kimseler, beni yalnız görünce şaşırıyordu.

— Hele şu sıpaya bakın... dedi birisi.

— Yularını kopartmış... Bir yerden kaçmış olmalı...

Öteki de:

— Demek kürek cezasından kaçmış! dedi, gülüştüler.

Bir üçüncü yolcu da:

— Sırtında yük falan da yok ki, diye ekledi...

Dördüncüsü hükmü verdi:

— Kötü bir şeyler yapmış olacak...

Bir kadın hemen, atıldı:

— Kocacığım, yakala şunu da, küçüğü semerinin üstüne oturtalım.

Kocası:

— Küçükle birlikte seni de taşır, dedi.

Ben de, ne kadar tatlı, hizmet etmekten hoşlanan bir sıpa olduğumu anlatmak için, köylü kadına yaklaştım. Sırtıma çıkabilmesi için yanında durdum.

Erkek karısını semere yerleştirmeye çalışıyordu.

— Bu sıpanın hiç de kötü bir görünüşü yok, dedi.

Bu sözleri duyunca içim sızlayarak gülümsedim... Kötü... kötü ha? Sanki iyi davranılan bir eşek kötü olabilirmiş gibi. Ancak yediğimiz dayakların, işittiğimiz küfürlerin öcünü almak için kötüleşiriz biz. O zaman söz dinlemez, inatçı oluveririz, iyi muamele görünce, bütün öteki hayvanlardan çok daha iyiyizdir...

Genç kadınla iki yaşındaki küçük oğlunu evlerine kadar götürdüm. Güzel yavru beni okşuyordu. Besbelli pek sevimli bulmuştu beni. Yanlarında alıkoymak isteyeceklerdi sanırım. Yalnız, böyle bir davranış hiç de dürüst bir şey olmayacaktı: Efendilerim beni satın almışlardı, ben onların malıydım. Üstelik de hanımımın burnunu, dişlerini, bileğini kırmıştım. Yeter derecede öç almıştım.

Annenin, çok şımarttığı oğluna boyun eğeceğini anlayınca –yolda onları üzerimde taşırken fark etmiştim bunu– yan tarafa sıçrayıverdim. Genç kadının yularımdan yakalamasına zaman bırakmadan da, koşa koşa kaçtım, eve geldim.

İlk önce beni efendimin kızı Mariette gördü:

— A, işte eşek! Ne çabuk da döndü. Jules, gel de semerini çıkar sırtından.

Jules, suratını asarak:

— Vicdansız eşek! dedi. Hiç boş bırakmaya gelmez. Neden yalnız gelmiş? Miskin hayvan, başını alıp kaçtığına bahse girerim. Bacaklarıma bir tekme indirdi. Kaçtığını bilsem yüz sopa indirirdim sana.

Semerimle yularım çıkarılınca, koşa koşa uzaklaştım. Çimenliğe yaklaşmıştım ki, arkamdan bir çığlık koptu. Başımı çite yaklaştırınca, çiftçi kadını eve getirdiklerini gördüm. Çığlığı koparan çocuklarmış. Kulak kesilerek dinledim.

Jules:

— Babacığım, gidip yük arabasının kamçısını getireyim. Eşeği bir ağaca bağlar, yere yıkıncaya kadar döverim, diyordu.

— Hadi git getir, oğlum. Yalnız, sakın öldüreyim deme. Ona ödediğimiz parayı kaybederiz sonra. İlk pazara çıkışta satacağım mendeburu!

Adamın söylediklerini işitince, titremeye başladım. Jules de ahıra koşmuştu. Kamçıyı getirecekti. Artık düşünecek bir şey kalmamıştı. Benim için ödedikleri para yüzünden de vicdan azabı çekmeme lüzum yoktu.

Hemen, tarlaları ayıran çite doğru koşmaya başladım. Öylesine hızla kendimi kapıp koyuvermiştim ki, dalları kırmış, aralarından kolaylıkla geçebilmiştim.

Tarlada da bir hayli koştum. Durmadan koşuyordum. Peşimden geliyorlar sanıyordum.

En sonunda öyle yoruldum ki, olduğum yerde durdum, etrafı dinlemeye koyuldum. Hiçbir şey duyulmuyordu.

Küçük bir tepeye çıktım, kimseler yoktu görünürde. İşte o zaman derin bir soluk aldım. Bu vicdansız çiftçilerin ellerinden kurtulduğum için de sevinmeye başladım. Gelgelelim, halim ne olacaktı? Memlekette kalacak olursam beni tanıyıp yakalayabilirlerdi. Hemen de efendilerime götürürlerdi. Ne yapmalıydım? Nereye gitmeliydim?

Etrafıma bakındım. Tek başınaydım. Birden, kendime acıdım. Durumumun kötülüğünü düşünerek, nerdeyse gözyaşlarımı tutamayacaktım ki birden güzel bir ormanın yanı başında olduğumu gördüm.

— Oh, ne güzel! diye haykırdım.

Bu ormanda yumuşacık ot, duru su, taze yosun bulabilirdim. Birkaç gün kaldıktan sonra da başka bir ormana gidebilirdim. Daha uzaklara, efendilerimin çiftliğinden çok daha uzaklara giderdim.

Hemen ormana daldım. Yumuşacık otlardan yedim, duru bir pınardan su içtim. Gece bastırmaya başlayınca da, yaşlı bir çam ağacının dibine, yosunların üzerine uzandım. Ertesi güne kadar mükemmel bir uyku çektim.

## II
### KOVALAMACA

Ertesi sabah, yiyip içtikten sonra, mutluluğumu düşünmeye koyuldum; "İşte kurtuldum!" diyordum kendi kendime. "Hiçbir zaman bulamazlar beni. İki gün daha burada kalırım. İyice dinlenir, sonra daha uzaklara giderim."

O sırada bir köpek havlaması işittim. Arkasından bir ikinci havlama. Birkaç dakika sonra da bir sürü köpek sesi gelmeye başladı kulaklarıma.

Merak, kaygı, hatta korku içinde, yerimden fırladım, sabahleyin gözüme ilişen dereye doğru yürüdüm. Suya daha yeni girmiştim ki, Jules'ün sesi duyuldu:

— Hadi, hadi, benim iyi hayvancıklarım! Her yanı güzelce arayın. Şu kötü eşeği bulup ısırın, bacaklarını parçalayın. Sonra da bana getirin ki ben de sopamı üzerinde parçalayayım.

Korkudan az kalsın düşecektim. Sonra suda yürürsem köpeklerin izimi bulamayacakları aklıma geldi. Bu düşünceyle derede ilerlemeye başladım. Neyse ki suyun iki kıyısı da sık çalılarla kaplıydı. Hiç durmadan ilerledim. Köpeklerin havlamaları, katı yürekli Jules'ün sesi gittikçe uzaklaşıyordu. Sonunda hiçbir şey duyulmaz oldu.

Soluk soluğa, yorgun bir halde durdum. Biraz dinlendikten sonra, hep dere boyu giderek, yine koşmaya koyuldum, ormandan çıkıncaya kadar.

Birden kendimi geniş bir çayırda buldum. Elliyi aşkın öküz otluyordu. Otlağın bir köşesine, güneşin altına uzandım. Öküzler benimle hiç ilgilenmediler. Ben de rahatça yemeğimi yedim, dinlendim.

Akşama doğru çayıra iki adam geldi.

Biri:

— Kardeşim, dedi, öküzleri bu gece içeri alsam fena olmayacak. Ormanda kurt varmış.

— Kurt mu varmış? Bu saçmalığı da kim uydurdu?

— Şehirden tanıdıklar. Çitler Çiftliği'nin eşeğini alıp götürmüşler de ormanda parçalamışlar.

— Hadi be sen de! O çiftliğin sahipleri o kadar kötü ki! Dayak ata ata öldürmüşlerdir hayvanı.

— Peki, ne diye kurt parçaladı desinler?

— Kendilerinin öldürdüğü anlaşılmasın diye.

— Ne olursa olsun, bence öküzleri bu gece içeri alalım.

— Nasıl istersen öyle yapalım, kardeşim. Ben ne evet derim, ne de hayır.

Saklandığım köşeden kıpırdayamıyordum bile. Görülmekten öyle korkuyordum ki! Otlar çok yüksek olduğu için, beni iyice saklıyorlardı. Öküzler de benim uzanmış olduğum yanda değillerdi. Onları parmaklığa doğru sürdüler, sonra da, hep birlikte, efendilerinin bulunduğu çiftliğin yolunu tuttular.

Ben kurtlardan korkmuyordum çünkü parçalandığı söylenen eşek bendim. Rahat rahat uyudum. Tam kahvaltımı bitirirken, öküzler yine otlağa geldiler. İki kocaman köpek onlara yol gösteriyordu.

Sakin sakin onlara bakarken, köpeklerden biri beni fark etti, havlamaya başladı. Kötülük yapmaya niyetli olduğunu belirtmek istermişçesine de, üstüme yürüdü. Arkadaşı da onun peşinden!

Ne yapacaktım şimdi? Nasıl kaçmalıydım?

Çayırın çevresindeki tahta perdeye doğru attım kendimi. Yürüyerek geldiğim dere de oradan geçiyordu. Hemen kendimi suya bıraktım.

Çok sevinmiştim. Bir gün önceki adamlardan birinin sesini duydum. Köpeklerini çağırıyordu. Ağır ağır yoluma koyuldum. Adını bilemediğim başka bir ormana kadar yürüdüm.

Çitler Çiftliği'nden en aşağı on kilometre uzaktaydım artık. Kurtulmuştum. Beni kimse tanımıyordu. Eski efendilerime geri verilmek korkusu kalmamıştı artık benim için.

## III
### YENİ SAHİPLERİM

Bir ay kadar bu ormanda rahatça yaşadım.

Arada bir içim sıkılıyordu ama mutsuz yaşamaktansa yalnız yaşamayı daha uygun buluyordum. İyi kötü hayatımdan memnunken otların azalmaya başladığını, sertleştiğini fark ettim. Yapraklar dökülüyor, su buz gibi soğuyordu. Toprak da nemlenmişti.

"Şimdi ben ne yapacağım?" diye düşünmeye koyuldum. "Burada kalırsam, açlıktan, susuzluktan, soğuktan öleceğim. Peki ama nereye gidebilirim. Beni kim ister?"

Düşüne düşüne en sonunda kendime bir sığınak bulur gibi oldum. Ormandan çıkıp, çok yakındaki küçük bir kasabaya gitmeye karar verdim. Yanında başka evler bulunmayan ufak, temiz bir ev ilişti gözüme. İyi yüzlü bir kadıncağız, kapının eşiğine oturmuş, yün büküyordu. Üzüntülü hali bana dokundu.

Yanına giderek başımı omzuna dayadım. Kadıncağız birdenbire haykırdı, iskemlesinden fırladı. Çok korkmuştu. Ben yine kımıldamadım. Tatlı, yalvarır gözlerle yüzüne baktım.

Kadın, sonunda:

— Zavallı hayvancık! dedi. Sen hiç de kötü bir yaratığa benzemiyorsun. Sahibin yoksa, ihtiyarlıktan ölen Kırçılımın yerine seni alıkoyarım. Yine pazarda sebzelerimi satarak, hayatımı kazanmaya devam ederim! Sonra iç çekti. Belki de sahibi vardır.

Evin içinden gelen tatlı bir ses:

— Kiminle konuşuyorsun, büyükanne? diye sordu.

— Başını omzuma dayayan bir eşekle. Öyle tatlı bir bakışı var ki içim bir türlü kovmaya razı olmadı zavallıcığı.

Tatlı ses:

— Bakayım, bakayım! diye bağırdı.

Eşikte altı-yedi yaşlarında küçük bir çocuk belirdi. Üstü başı fakirce ama temizdi. Bana merakla, biraz da korkuyla baktı.

— Okşayabilir miyim, büyükanne?

— Elbette Georget'ciğim. Yalnız, dikkat et, seni ısırmasın!

Küçük çocuk kolunu uzattı. Bana kadar yetişemediği için de, ilk önce bir ayağının, sonra da öteki ayağının parmak uçlarında yükselip, sırtımı okşadı.

Çocuğu ürkütmemek için, hiç kımıldamıyordum. Yalnız, başımı ona doğru çevirdim, elini yaladım.

Georget:

— Büyükanne, büyükanne! Bu eşek ne tatlı bir hayvancık! Elimi yaladı! diye seslendi.

Büyükanne:

— Böyle başıboş gezmesi çok garip, dedi. Acaba sahibi nerede? Georget, kasabaya git de, hana gelen yolculara sor bakalım, bu sıpa kiminmiş. Belki de sahibi üzüntü içindedir şimdi.

— Sıpayı da yanıma alayım mı, büyükanne?

— O seninle gelmez. Bırak nereye isterse gitsin.

Georget koşarak gitti. Ben de arkasından yürüdüm. Peşinden geldiğimi görünce, yanıma geldi, beni okşayarak, "Küçük sıpam benim!" dedi. "Madem arkamdan geliyorsun, sırtına binmeme ses çıkarmazsın, değil mi?" Hemen arkama tırmanıp, "Deh! deh!" demeye başladı. Hızlı koşmayışım Georget'nin hoşuna gitmişti. Hanın önünden geçerken, "Çüş!" diye seslendi. Ben de hemen durdum. Georget yere atladı. Ben kapıda bekledim. Sanki bağlıymışım gibi, hiç kımıldamıyordum.

Hanın sahibi:

— Ne istiyorsun, oğlum? diye sordu.

Oğlan:

— Bay Duval, sizi görmeye geldim, dedi. Kapıda duran sıpa acaba sizin mi, yoksa müşterilerinizden birisinin mi?

Bay Duval kapıya kadar geldi, bana dikkatle baktı.

— Hayır, benim değil, dedi. Tanıdıklarımdan birine de ait değil. Başka yerlere git bak bakalım.

Georget yine sırtıma bindi, ben de hızlandım. Her kapının önünde durarak sahibimi aradık durduk. Kimse beni tanımıyordu. Sonunda iyi kalpli ninenin evine döndük. Yaşlı kadın hala yün bükmekle meşguldü.

Georget:

— Sıpa buralarda kimseye ait değilmiş, büyükanne. Onu ne yapacağız şimdi? Beni bırakmak istemiyor. Yanıma birisi yaklaşınca da hemen kaçmaya kalkıyor.

Büyükanne:

— Öyleyse, yavrum, geceyi dışarıda geçirtemeyiz ya zavallıcığa, başına bir şey gelebilir. Kırçılımızın ahırına götür. Bir demet kuru otla, bir kova da su koyuver önüne. Yarın onu pazara götürürüz, belki sahibini buluruz orada.

Georget:

— Ya bulamazsak, büyükanne?

Büyükanne:

— Birisi gelip de arayıncaya kadar yanımızda alıkoyarız. Zavallı hayvanı kışın soğuğunda donmaya bırakamayız. Ya da kötü çocukların eline düşüp yorgunluktan, sefaletten ölmesine razı olamayız, elbette...

Georget bana yiyecek içecek verip okşadıktan sonra, gitti yanımdan. Kapıyı kaparken de:

— Sahibi çıkmayıp da bizde kalmasını ne kadar isterdim! diye mırıldanıyordu.

Ertesi gün bana yem verdikten sonra yular taktı. Kapının önüne çıkarıldım.

Büyükanne hafif bir semer vurdu sırtıma, kendi de üstüne oturdu. Georget ufak bir sepet sebze getirdi.

Kadın bunu da dizlerine aldı. Böylece pazara yollandık. Kadıncağız sebzelerini iyi bir fiyata sattı. Bana da kimse sahip çıkmadığı için, yeni sahiplerimin evine döndük.

Bu iyi insanların yanında tam dört yıl yaşadım. Çok mutluydum. Kimseye kötülük yapmıyordum. Görevimi de en iyi şekilde yerine getiriyordum. Beni hiç dövmeyen genç efendimi de çok seviyordum. Beni yormuyorlardı da... Oldukça iyi de doyuruyorlardı. Zaten boğazımla pek zorum yoktur. Yazın, sebze kabuklarıyla, atların, ineklerin beğenmediği kuru otlarla besleniyordum; kışın da yine kuru ot, patates, havuç, pancar kabukları... İşte biz eşeklerin yiyeceği...

Yalnız, bazı günleri de hiç sevmiyordum doğrusu... Hanımımın beni komşu çocuklarına kiraladığı zamanlardı bunlar. Kadıncağız zengin değildi. İşim olmadığı günler beni komşu şatodaki çocuklara kiralıyordu. Onlar da her zaman iyi davranmıyorlardı bana karşı.

İşte böyle, gezintiye çıktığımız günlerden birinde bakın neler oldu.

## IV
### KÖPRÜ ÜZERİNDE

Avluda sıralanmış altı eşek duruyordu. İçlerinde en güzeli, en kuvvetlisi bendim. Üç kız çocuğu bize torba içinde yulaf getirmişti. Çocukların kendi aralarında konuşmalarını dinliyordum ben de...

Charles:

— Hadi, arkadaşlar, eşeklerimizi seçelim. Ben bunu alıyorum.

Parmağıyla beni gösteriyordu.

Ötekiler de hep birden:

— Sen her zaman en iyisini seçersin zaten! dediler. Kura çekeceğiz aramızda.

Charles:

— Caroline, nasıl kura çekeriz? Eşekler bir torbaya konup da zıpzıp gibi çekilmez ya?

Antoine:

— Amma da aptalca söz bu! Eşekler torbaya girer mi hiç? Sanki numaralanamazmış gibi... 1, 2, 3, 4, 5, 6 diye bir kağıda yazar, torbaya koyarız. Her birimiz de kendi kısmetini çeker.

Ötekiler de hemen:

— Tamam, öyle yaparız, diye kabul ettiler. Biz eşeklerin sırtlarına numaralarını yerleştirirken, Ernest de kağıtları hazırlar, diyorlardı.

"Bu çocuklar amma da sersem!" diye düşündüm. Onlarda eşekler kadar akıl olsaydı, sırtımıza numara yazacaklarına, bizleri duvara dizerlerdi. Birincinin numarası 1, ikincininki 2 olurdu.

O aralık Antoine kocaman bir parça kömür getirmişti. Ben birinciydim. Arkama büyük bir 1 yazdı. Arkadaşıma da 2 numarayı yazarken, buluşunun hiç de hoş olmadığını belirtmek için bir silkindim şöyle. Kömürle yazılan sayı uçup gitmez mi!

"Salak!" diye bağırdı. "Baştan yazmam gerekiyor, şimdi."

Bana 1 numarayı yeniden yazarken, arkadaşım da silkinmez mi. Bu sefer 2 sayısı da silindi. Antoine kızmaya başlıyor, ötekiler de onunla alay ediyorlardı.

Arkadaşlarıma işaret ettim. Numaraları yazmasına izin verecektik. Hiçbirimiz yerimizden kıpırdamadık. Ernest de mendilinin içinde gizlediği numaralarla geldi. Herkes birer tane çekti.

Çocuklar çektikleri sayıları okurlarken, ben yine arkadaşlarıma bir işaret çaktım. Hep birden silkindik. Ne kömür kalmıştı ne de numara... Her şeye yeniden başlamak gerekiyordu. Çocuklar hırslanmışlardı. Charles da haklı çıktığı için sırıtıyordu. Ernest, Albert, Caroline, Cecile, Louise, Antoine'a bağırıyorlar, o da tepiniyordu.

Birbirlerine küfürler savurmaya başlamışlardı. Biz eşekler de anırmaya koyulduk. Gürültüler anne babaların dikkatini çekmişti. Çocuklar onlara bilgi vermek zorunda kaldılar.

Sonunda babalardan biri bizi duvarın önüne sıralamayı akıl etti. Çocuklar da numaraları çekeceklerdi.

Ernest:

— Bir! diye bağırdı. Bendim o!

Cecile:

— İki! dedi. O da yanımdaki arkadaşımdı.

Antoine'a 3 numara isabet etmişti. Böylece sürüp gitti bu iş.

Charles:

— Hadi artık gidelim, dedi. Ben önden gidiyorum.
Ernest:
— Ben sana çabuk yetişirim! diye atıldı.
Charles da:
— Yetişemezsin, bahse girerim, dedi.
Ernest:
— Yetişirim! diye haykırdı.
Charles eşeğine öfkeyle vurdu. Hayvancağızı dörtnala koşturmaya başladı. Ernest'in kamçısıyla bana vurmasına zaman bırakmadan, ben yola düzüldüm. Öylesine gidiyordum ki Charles'a yetişmemiz kolay olacaktı.

Ernest hayatından çok memnundu elbette.

Charles ise hırsından çatlayacaktı. Durmadan hayvana vuruyordu. Ernest'in bana dokunmasına bile lüzum kalmıyordu. Koşuyordum, rüzgar gibi uçuyordum.

Birkaç dakikada Charles'ı geçmiştim. Ötekilerin de arkamızdan bağrışıp çağrışarak, kahkahalar atarak geldiklerini duyuyordum.

— 1 numaralı eşeğe bravo! Tıpkı at gibi koşuyor!

Gururum bana cesaret veriyordu. Köprünün yakınına gelinceye kadar dörtnala koştum. Derken, birdenbire olduğum yerde kaldım. Köprünün geniş kalaslarından birinin çürümüş olduğunu fark etmiştim. Ernest'le birlikte suya düşmek istemezdim. Çok arkalarda kalan ötekilerin yanına dönmek niyetindeydim.

Ernest de:
— Deh! Deh! Hadi, sıpa! diye bağırıyordu. Köprünün üstüne çıkacağız, dostum, köprünün üstüne!

Yerimden kımıldamadığım için sopasını sırtıma vurup duruyordu. Bense dönmüş, ötekilere doğru yürümeye başlamıştım.

— İnatçı, budala hayvan! Geri dönüp köprüyü geçecek misin sen?

Ben ona hiç aldırmadan ters yöne döndüm. Bu aptal

oğlanın küfürlerine, dayağına rağmen, ötekilerin yanına gelmiştim bile...
Caroline:
— Ernest, neden eşeğini dövüyorsun? diye sordu. Mükemmel bir hayvan. Dörtnala koşarak Charles'ı geçmene yardım etti.
Ernest kızmıştı:
— Köprüyü geçmek istemiyor. Geri dönmek istedi, inatçı!
— Yalnız kaldığı için geçmek istememiştir besbelli. Şimdi biz de geldik, artık geçmemek için inat etmez.
"Zavallılar!" diye düşündüm. "Hepsi birden suya düşecekler. Tehlike olduğunu onlara anlatmalıyım."
Yeniden köprüye doğru dörtnala koşmaya başladım. Ernest son derece sevinçliydi. Öteki çocuklar da neşelenmişlerdi.
Köprüye gelinceye kadar hızla ilerledim. Tam orada birdenbire durdum. Sanki korkmuş gibiydim. Ernest, yoluma devam ettirmek için beni sıkıştırıyordu. Ürkmüş gibi yaparak, bir adım geriledim.
Bu davranışım Ernest'i daha da şaşırtmıştı. Sersem çocuk hiçbir şey göremiyordu. Oysa çürük kalas açıkça fark edilebilecek gibiydi. Öteki çocuklar da bize yaklaşmışlar, Ernest'in beni ilerletmek için, benim de yerimden kıpırdamamak için gösterdiğimiz çabayı gülerek seyrediyorlardı. Sonunda onlar da hayvanlarından aşağı indiler. Her biri bana vuruyor, acımadan itiyordu. Ben de aynı yerde durmakta inat ediyordum.
Charles:
— Kuyruğundan çekin! diye bağırdı. Eşekler öyle inatçıdırlar ki, geri döndürmek istediğiniz zaman, ilerlemek isterler.
Şimdi de kuyruğumu yakalamaya çalışıyorlardı. Ben de, çifte attım. Hepsi birden bana vurmaya koyuldular. Ben yine de kımıldamamakta direniyordum.

Charles:

— Dur, Ernest, dedi. Ben öne geçeyim. O zaman senin hayvan da peşimden gelir.

Köprünün başında durarak, geçmesine engel olmak istedim, ama bana hızla vurdu, yere yuvarladı.

Kendi kendime, "Bu kötü yaratık boğulmak istiyorsa, bırakalım boğulsun!" dedim.

"Onu kurtarmak için elimden geleni yaptım. Bakalım bir parça su yutsun da görsün gününü. Madem öyle istiyor."

Charles'la eşeği, çürümüş kalasa ayak basar basmaz, köprü çöktü, ikisi de suya düştüler. Arkadaşım için tehlike yoktu, çünkü her eşek gibi o da yüzme biliyordu. Charles çırpınıyor, kendini kurtarmak için haykırıp duruyordu.

— Bir sırık! Bir sırık uzatın! diye bağırıyordu.

Çocuklar da bağrışıyorlar, koşuşuyorlardı. En sonunda, Caroline uzun bir sırık buldu, getirip Charles'a uzattı. Bu defa da sırığın ağırlığı Caroline'i suya çekiyordu. O da, "İmdat!" diye bağırmaya başladı.

Ernest, Antoine, Albert hep birden Caroline'i kurtarmaya koştular. Bin bir zorlukla Charles'ı da sudan çıkarabildiler. Susuzluğunu gidermek için gereken sudan çok daha fazlasını içmişti zavallı oğlan! Baştan aşağıya kadar da sırılsıklam olmuştu.

Kurtulunca, çocuklar acınacak halini görüp gülmeye koyuldular. Charles da kızdı elbet. Hepsi eşeklerine bindiler. Ona da eve dönerek, çamaşır, elbise değiştirmesini öğütlediler. O da, her yanından sular akarak, eşeğine bindi. Gülünç suratına bakarak, ben de için için gülüyordum. Akıntı, şapkasıyla ayakkabılarını götürmüştü. Üstünden akan sular yerlere iniyordu. Islak saçları şakaklarına yapışmış, öfkeli haliyle büsbütün gülünç olmuştu. Çocuklar gülüyorlar, arkadaşlarım da neşelerini sıçrayarak belirtiyorlardı.

Charles'ın eşeğini de hiçbirimiz sevememiştik çünkü kavgacı, boğazına düşkün, sersemin biriydi. Oysa eşeklerde bu kötü huylara çok seyrek rastlanır. Charles gözden kayboldu. Çocuklarla arkadaşlarım da sakinleştiler. Hepsi gelip beni birer kere okşadı. Ne derece zeki olduğumu anlamışlar, hayran kalmışlardı. Kafilenin başında ben olmak üzere eve döndük.

V
MEZARLIK

Ağır adımlarla ilerliyorduk. Yavaş yavaş mezarlığa yaklaşmaktaydık. Burası şatodan bir kilometre uzaktaydı. Caroline:
— Dönüp de ormandan geçsek, nasıl olur? diye sordu.
Cecile:
— Neden? dedi.
Caroline:
— Mezarlığı sevmiyorum da ondan! dedi.
Cecile, alaylı bir eda ile:
— Neden sevmiyorsun? diye sordu. Korkuyor musun?
— Hayır, ölenleri düşünüp üzülüyorum.
Çocuklar Caroline'le alay ettiler. Mezarlığın duvarının dibinden yürüdüler. Hem de bilerek yapmışlardı bunu. Tam geçecekleri sırda Caroline eşeğini durdurdu. Çok kaygılı görünüyordu. Mezarlığın parmaklığına doğru koştu.
Çocuklar:
— Ne oluyor, Caroline? Ne yapıyorsun? diye bağırdılar.
Caroline karşılık vermedi. Hızla mezarlığın kapısını itti, içeri girdi. Etrafına bakındı, yeni bir mezara doğru ilerledi.
Ernest küçük kızı merakla izlemişti. Kız tam mezara

eğilip üç yaşlarında görünen bir oğlan çocuğunu yerden kaldırırken yanına geldi.

Caroline yavrucağın iniltisini duymuştu.

— Nen var, bebecik? Neden ağlıyorsun?

Çocuk hıçkırıyor, karşılık veremiyordu.

Çok güzel bir çocuktu ama üstü başı pek perişandı.

Caroline:

— Neden burada tek başına duruyorsun? diye sordu.

Çocuk hıçkırarak:

— Beni buraya bıraktılar. Karnım aç, dedi.

Caroline:

— Kim bıraktı? diye sordu.

Çocuk hıçkırarak:

— Kara adamlar... Karnım aç! dedi.

Caroline:

— Ernest! diye seslendi. Çabuk, yemek sepetimizden biraz yiyecek getir. Bu zavallı küçüğe bir şeyler verelim.

Ernest yiyecek sepetini getirmek için hemen fırladı. Caroline de küçüğü yatıştırmaya çalışıyordu.

Kısa bir süre sonra Ernest bütün kafileyle geri döndü. Ötekiler de merak etmişlerdi. Küçüğe haşlanmış tavukla ekmek verdiler. Çocukcağız yedikçe gözyaşları kuruyor, yüzü gülüyordu. Karnı iyice doyunca, Caroline ona neden bu mezarın üzerine yattığını sordu.

Çocuk:

— Ninemi buraya bıraktılar, dedi. Geri gelmesini bekliyorum.

— Baban nerede?

— Bilmiyorum. Onu hiç tanımam.

— Ya annen?

— Onu da kara adamlar alıp götürdüler, ninemi götürdükleri gibi.

— Peki, sana kim bakıyor?

— Hiç kimse.

— Kim yemek veriyor?

— Sütninem süt veriyor.
— Sütninen nerede?
— Orada, evde.
— Ne yapıyor?
— Yürüyor, ot yiyor.
— Ot mu yiyor?
Çocuklar şaşkın şaşkın birbirlerine baktılar. Cecile kendi kendine, "Kadın deli olmalı!" diye söylendi.
Antoine:
— Daha çok küçük, ne söylediğini bilmiyor, dedi.
Caroline:
— Sütninen seni neden eve götürmedi? diye sordu.
Çocuk:
— Götüremez. Kolları yok! dedi.
Çocukların şaşkınlığı daha da arttı.
Caroline:
— Öyleyse seni nasıl taşıyor? diye sordu.
— Ben sırtına biniyorum.
— Birlikte mi yatıyorsunuz?
— Hayır. Rahat edemem ki...
— Sütninenin yatağı yok mu? Nerede yatıyor?
Çocuk, gülerek:
— Hayır, samanların üstünde yatıyor! dedi.
Ernest:
— Bütün bunlar ne demek oluyor? diye söylenmeye başladı. Bizi evine götürsün de sütninesini görelim. O bize bu sözlerin ne demek olduğunu açıklar.
Antoine:
— Ben de bir şey anlayamıyorum, dedi.
Caroline:
— Evine dönebilir misin, yavrum? diye sordu.
Çocuk:
— Yalnız gitmeye korkarım, dedi. Ninemin odası kara adamlarla dolu.
Caroline:

— Biz de geleceğiz. Sen bize yalnız yolu göster, dedi.
Eşeğine bindi, çocuğu da dizlerine oturttu.
O da bize yolu gösterdi. Beş dakika sonra, o sabah cenaze töreni yapılan Thibaut Ana'nın evinde bulunuyorduk. Çocuk eve koştu.
— Sütnine, sütnine! diye bağırdı.
O sırada ahırdan bir keçi çıktı, çocuğa doğru geldi. Yavrucağı gördüğü için ne kadar sevindiğini belirtmek için de binlerce defa zıplayıp çocuğu okşadı. Çocuk da sevinç içindeydi.
— Sütnine, süt istiyorum, dedi.
Keçi hemen yere yattı. Oğlan da keçinin sütünü içmeye başladı.
Ernest:
— İşte sütninenin kim olduğunu öğrendik, dedi. Peki ama, bu çocuğu ne yapacağız?
Antoine:
— Yapacak bir şey yok, dedi. Keçiyle bırakacağız.
Öteki çocuklar hoşnutsuzlukla haykırdılar:
Caroline:
— Bu çocuğu böylece burada bırakmak çok büyük vicdansızlık olur. Bakımsızlık yüzünden belki de kısa zamanda ölür.
Antoine:
— Ya ne yapacaksın? Evine mi götüreceksin?
Caroline:
— Elbette. Anneme rica edip, kimsesi var mı diye araştırmasını isteyeceğim. Haber alıncaya kadar da bizim evde kalması için izin alacağım.
Antoine:
— Ya eşeklerle gezintimiz? Hep birden eve mi döneceğiz?
Caroline:

— Yok canım! Ernest benimle gelmek iyiliğinde bulunur. Sizler de gezintinize devam edersiniz. Dört kişisiniz. Ben ve Ernest olmadan da gezebilirsiniz.

Antoine:

— Haklı, dedi. Eşeklerimize binip yolumuza devam edelim biz.

İyi kalpli Caroline ile yeğeni Ernest'i bırakıp gittiler.

Caroline:

— Ne iyi oldu da beni kızdırmak için mezarlığın bu kadar yakınından geçtiler! dedi. Yoksa bu zavallı çocuğun ağladığını duyamayacaktım. O da bütün geceyi soğuk, ıslak toprağın üstünde geçirecekti.

Ernest benim sırtıma binmişti. Her zamanki gibi yine kafamı işlettim, şatoya bir an önce ulaşmamız gerektiğini anladım. Dörtnala koşmaya başladım. Arkadaşım da benim peşim sıra geldiği için yarım saat sonra şatodaydık.

İlk önce, bu kadar çabuk dönmemiz herkesi meraklandırdı. Caroline çocuk meselesini anlattı. Annesi ne yapacağını bilemiyordu, ama neyse ki, bekçinin karısı, bu öksüzü aynı yaştaki oğluyla birlikte büyütmeyi teklif etti. Caroline'in annesi kabul etti. Kasabadan çocuğun adını, annesinin ve babasının ne olduklarını sordurttu. Babasının bir yıl önce, annesinin de altı ay önce öldüğünü bildirdiler. Çocuk, kötü kalpli, hasis bir nineyle kalmış. İşte o da bir gün önce ölmüş. Kimse çocuğu düşünmemiş, o da cenazenin peşinden mezarlığa kadar gitmiş. Ninesinin hali vakti yerindeymiş. Çocuk da fakir sayılmazmış elbette.

İyi kalpli keçiyi de bekçinin evine getirdiler. Çocuğu besleyip iyi bir insan olmasına yardım ettiler. Oğlanı tanıyorum. Adı Jean Thibaut. Hayvanlara hiç kötülüğü dokunmaz. Bu da, onun çok iyi bir çocuk olduğunu gösterir.

Beni de çok sever. Bu da, akıllı olduğuna işarettir.

## VI
## SAKLANMA YERİ

Çok mutluydum. Daha önce de söyledim ya! Ne yazık ki mutluluğum sona erecekti. Georget'nin babası askerdi. Memleketine döndü. Gelirken de komutanının ölmek üzereyken verdiği parayla generalinin verdiği nişanı getirdi. Başka şehirde ev aldı. Küçük oğlu ile yaşlı annesini de götürdü. Küçük bir çiftlik sahibi olan komşusuna da beni sattı. İyi kalpli ihtiyar hanımımla küçük efendim Georget'den ayrılmak bana çok acı gelmişti. Her ikisi de bana karşı çok iyi davranmışlardı, ben de her zaman görevimi yapmıştım onlara karşı.

Yeni sahibim kötü bir adam değildi ama herkesi çok çalıştırmaya meraklıydı. Beni de onlarla beraber çalıştırıyordu elbette. Beni küçük bir arabaya koşuyor, toprak, gübre, elma, odun taşıtıyordu. Ben ise tembelliğe pek alışmıştım. Arabaya koşulmaktan hoşlanmadığım gibi, pazara gidilen günlerden de hoşlanmıyordum.

Yüküm ağır değildi, beni dövmüyorlardı da ama pazara gittiğimiz günler sabahtan saat üçe, dörde kadar aç kalıyordum. Hava çok sıcak olduğu zaman da susuzluktan ölüyordum. Taşıdıklarımın hepsinin satılmasını, efendimizin parasını cebine koymasını, dostlarına selam vermesini beklemek zorundaydım. Dostları da kendisine birkaç yudum içirmeden salıvermezlerdi.

O saatlerde pek iyi davrandığım söylenemezdi. Bana dostça davranmalarını istiyordum. Onlar öyle davranmayınca da öç almaya kalkıyordum.

Bakın bir gün neler düşündüm. Eşeklerin pek de aptal olmadıklarını göreceksiniz şimdi. Kötüleşmekte olduğumun da farkına varacaksınız.

Pazara gidileceği günler, her zamankinden daha erken kalkılırdı. Sebzeler koparılır, yağ hazırlanır, yumurtalar toplanırdı. Yazın büyük bir çayırda yatıyordum. Bu hazırlıkları görür, duyardım, sabahın onunda da, küçük arabaya koşmak üzere beni almaya geleceklerini bilirdim.

Arabada satılacak şeyler doluydu. Söyledim ya, bu pazar işi beni hem sıkıyor, hem de yoruyordu. Çayırda derin bir çukur vardı. İçinde böğürtlen, diken bitiyordu. Pazara gidileceği gün beni bulamamaları için, çukura saklanmak geldi aklıma.

Yine bir gün, hazırlıklar başlar başlamaz, çiftliğin adamları oraya, buraya gidip gelmeye koyuldukları zaman, yavaş yavaş çukura indim. Öylesine dibine kadar gömüldüm ki beni görmelerine imkan yoktu.

Bir saatten beri böğürtlenlerin, dikenlerin arasında saklanmış dururken, uşağın beni çağırdığını, dört bir yana koşup, sonunda çiftliğe doğru gittiğini gördüm.

Efendisine benim ortadan kaybolduğumu bildirmiş olacaktı ki, birkaç dakika sonra çiftçinin karısına, adamlarına bağırdığını, beni aramalarını tembih ettiğini duydum.

Birisi:

— Çitten atlamıştır, diyordu.

Başka birisi de:

— Nereden geçecek? Gedik yok ki, dedi.

Çiftlik sahibi:

— Tahta perdenin kapısı açık kalmıştır belki, dedi. Tarlalara doğru gidip, iyice arayın, çocuklar! Pek uzaklarda olmasa gerek. Çabuk bulup, getirin! Zaman geçiyor, geç kalacağız!

Hepsi birden tarlalara, koruluğa dağıldılar.

Koşarak, beni çağırıyorlardı. Çukurumda kendi kendime gülüyor, meydana çıkmayı aklımdan bile geçirmiyordum.

Zavallı insanlar, tıkana tıkana, soluk soluğa geri döndüler. Bir saat kadar her yanı aramışlardı. Sahibim bana küfür etti, besbelli çalınmış olacağımı söyledi. Kendimi hırsızlara yakalattığım için de ne aptal bir hayvan olduğumu söylüyordu.

Arabaya atları koştular. Çiftçi de, keyfi kaçmış olarak, pazara yollandı.

Herkesin iş başına gittiğini, kimsecikler kalmadığını görünce, gizlendiğim yerden usulca başımı çıkardım. Tek başıma kaldığıma iyice emin olduktan sonra, çukurdan dışarı çıktım. Hemen çayırın öteki ucuna koştum. Nereye saklandığımı bilmelerini istemiyordum. Bütün gücümle anırmaya başladım.

Çiftçiler sesimi duyunca hemen bana doğru bir koşu kopardılar.

Çoban:

— İşte gelmiş! dedi.

Hanımım:

— Nereden geliyor? diye sordu.

Arabacı:

— Nereye gitmişti ki? diye kendi kendine söylendi.

Pazara gitmekten kurtulmanın sevinciyle onlara doğru koştum. Beni çok iyi karşıladılar, okşadılar. Çalanların elinden kurtulduğum için de çok temiz kalpli bir hayvan olduğumu kabul ettiler. O kadar iltifat ettiler ki, adeta utandım. Çünkü okşanmaktan çok sopa hak ettiğimi pek iyi biliyordum.

Rahatça otlamaya bıraktılar beni. Vicdan azabı çekmemiş olsaydım, çok güzel bir gün geçirecektim. Zavallı sahiplerimi yorduğum için üzülüyordum.

Çiftçi, pazardan dönüp de benim geri geldiğimi öğrenince hem çok sevindi, hem de şaşırdı.

Ertesi gün çitin etrafını dolaştı, nerede bir delik bulduysa hemen tıkadı.

İşini bitirdiği zaman da:

— Yine kaçarsa, çok kurnaz olduğuna inanırım doğrusu, dedi. Çitin en ufak deliğini bile dikenlerle, kazıklarla iyice kapattım. Bir kedi bile geçemez şimdi oradan kolay kolay, dedi.

O hafta sakin geçti. Kimse benim geçirdiğim serüveni düşünmüyordu artık. Ertesi hafta yine aynı oyunu oynamaya karar verdim. Böylece hem yorulmayacak, hem de sıkıntıdan kurtulacaktım.

Çukura saklandım. Geçen seferki gibi beni aramaya koyuldular. Bu defa daha da şaşırmışlardı. Becerikli bir hırsız beni tahta perdeden geçirip kaçırdı sandılar.

Çiftlik sahibi:

— Artık eşeği gerçekten kaybettik demektir! diyordu. Bu sefer hırsızın elinden kurtulamaz. Kurtulsa bile nereden içeri girecek! Çitin bütün aralıklarını öyle güzel kapadım ki!

İç çekerek çıkıp gitti. Yine atlardan birini benim yerime arabaya bağladılar. Yine geçen haftaki gibi, herkes gittikten sonra, saklandığım yerden çıktım. Yalnız, "Ai ai!" diye bağırarak, döndüğümü kimseye haber vermek istemedim.

Çayırda rahat rahat taze otları yerken beni buldular. Efendim de dönüşte beni görünce şaşırdı. Onlara bir oyun oynadığımdan kuşkulanmaya başladılar. Artık bana kimse iltifat etmiyordu. Şüpheli şüpheli bakıyorlardı yüzüme. Üstelik de ondan sonra beni iyice göz hapsine aldılar.

Onlarla alay ediyor, kendi kendime, "Sevgili dostlarım, size oynadığım oyunu keşfedebilirseniz, çok kurnaz kimseler olduğunuzu anlayacağım," diyordum. "Ben sizden de kurnaz olduğum için, sizi yine yeneceğim."

Zekamla övünerek, bir üçüncü defa daha saklanmak istedim. Tam çukuruma yerleşmek üzereyken, kocaman bekçi köpeğinin sesi duyuldu. Arkasından da sahibim bağırıyordu:

— Hadi seni göreyim, Amanvermez! İn bakalım çukura da yakala şunu! Bacaklarını da iyice ısır. Hemen buraya getir. Tamam! Aferin sana, köpeğim benim, yakala!

Amanvermez, gerçekten de çukura inmişti, baldırlarımı, karnımı ısırıyordu. Çukurdan dışarı çıkmaya karar vermemiş olsaydım, beni paramparça edecekti.

Çite doğru koşup kendime bir yol açacaktım ama beni bekleyen çiftçi, ilmikli bir ip atarak yolumu kesti. Elinde de bir sopa vardı ki onun da acısını hala duyuyorum.

Köpek ısırmaya devam ediyor, efendim de bir yandan vuruyordu. Tembellik ettiğim için çok pişmandım.

En sonunda sahibim köpeği geri gönderdi, beni de dövmekten vazgeçti. İlmiği çözdü, yuları taktı. Sersemlemiştim. Her yerim de yara bere içindeydi... O yine de acımadı, beni arabaya koştu.

Sonradan öğrendiğime göre, meğer son saklandığımda çocuklardan biri benim dönmemi beklemiş, dönecek olursam, çiti açacakmış. Çukurdan çıktığımı görür görmez, hemen babasına haber vermiş... Ne alçak oğlanmış ama!..

Bana yapılanı hiç unutmadım, ta ki başıma gelenler, geçirdiğim tecrübeler terbiyemi düzeltinceye kadar!..

O günden sonra, bana karşı daha sert davranmaya başlamışlardı. Tutup sımsıkı da kapatmadılar mı beni! Neyse ki dişlerimi kullanarak her türlü engeli kaldırmayı başardım. Dişimle zembereği kaldırıyor, tokmağı çeviriyor, düğmeyi çekiyordum... Her yere girip her yerden de çıkabilmekteydim böylelikle. Çiftçinin öfkesine diyecek yoktu, küfürler savurarak beni paylıyor, dövüyordu... O kötüleştikçe ben de daha kötü huylar ediniyordum.

Ne var ki bu yüzden de mutluluğumu kaybetmiştim. Daha önce efendilerimin yanında geçirdiğim günlerle, şimdiki zavallı yaşantımı ölçüyordum... Ne yazık ki, düzeleceğim yerde, tersine, inatçı, hain oluyordum.

Bir gün sebze bahçesine girdim, oradaki salataların hepsini yiyiverdim... Başka bir gün, gizlendiğim yeri haber veren o küçük oğlanı sırtımdan fırlattım attım... Bir kere de, tereyağı yapmak için hazırlanmış bir kova sütü

son damlasına kadar içtim... Piliçleri, palazları eziyor, domuzları koca dişlerimle ısırıyordum.
Öyle kötü olmuştum ki sonunda efendimin karısı dayanamadı. On beş gün sonra panayır açılıyordu. Orada beni satmasını söyledi kocasına...
Dayaktan, iyi yiyecek alamamaktan zayıflamıştım. Yorgun bir haldeydim. İyi para edeyim diye, beni bir güzel besiye yatırdılar. Çiftlik işçilerine, çocuklara bana karşı kötü davranmamaları tembih edilmişti... Çalıştığım falan da yoktu. Ne güzel besleniyordum!
On beş gün kendimi dünyanın en mutlu yaratığı olarak gördüm. En sonunda efendim beni panayıra götürüp yüz franga sattı. Ayrılırken, dişlerimi etine geçirmek için neler vermezdim ama yeni sahiplerimin beni kötü tanımalarını da istemiyordum. Yalnız, kendisinden nefret ettiğimi belirten bir tavırla, arkamı dönüverdim...

## VII
### MADALYON

Beni satın alanlar bir beyle hanımıydı. On iki yaşında, hastalıklı bir kızları vardı. Yavrucak, şehirden uzakta, yapayalnız, pek sıkılıyormuş. Şöyle yaşına uygun bir arkadaşı da yokmuş. Üstelik de kendisiyle ne babasının ilgilendiği varmış, ne de annesinin. Kadın kızını seviyormuş ama çocuğun başka bir kimseyi sevmesine sinirleniyormuş. Doktor da küçüğün eğlenmesini salık vermiş. Böylece, kadın da kızının benim sırtımda gezintiler yaparak eğlenebileceğini ummuş.
Küçük hanımımın adı Pauline'di. Ne de üzgün bir hali vardı! Sık sık hastalanıveriyordu.
Öyle de tatlı, iyi kalpliydi ki. Çok da güzeldi. Her gün sırtıma bindirdiğim gibi, bildiğim en güzel yollarda, en güzel korularda gezdiriyordum.
İlk zamanlar bir uşağı ya da oda hizmetçisini de yanı-

mıza veriyorlardı. Küçük hanımıma karşı ne kadar dikkatli, yumuşak, iyi davrandığımı görünce, bizi yalnız bırakıverdiler. Küçük hanımım da bana Marsıvan adını takmıştı. Böylece de adım Marsıvan kaldı işte...

Babası hanımıma:

— Hadi, kızım, git Marsıvan'la gez, derdi. Bunun gibi bir eşekten hiçbir kötülük gelmez insana. Baksana, bir insan kadar akıllı. Seni eve geri getirmeyi de beceriyor...

Birlikte gezmelere çıkıyorduk. Pauline yürümekten yorulunca, ya bir toprak yığınına yaklaşırdım ya da bir çukura inerdim, kızcağızın sırtıma kolayca binmesini sağlardım. Fındık ağaçlarından istediği kadar fındık koparabilmesi için ağaca yaklaşırdım.

Küçük hanımım beni çok seviyordu. Bana bir iyi bakardı ki! Her vesileyle okşardı. Kötü havalarda, dışarıya çıkamadığımız zaman, ahırıma gelirdi. Ekmek, taze ot, salata yaprakları, havuç getirirdi bana. Yanımda uzun zaman kalır, benimle konuşurdu. Anlamadığımı sanarak üzüntülerini anlatırdı.

— Ah zavallı Marsıvanım benim! derdi. Sen eşek olduğun için anlayamazsın. Tek arkadaşım sensin. Yalnız sana düşüncelerimi açıklayabiliyorum. Annem beni seviyor ama kıskanıyor da. Yalnız onu sevmemi istiyor. Kendi yaşımda kimseyi tanımıyorum. Bu yüzden de çok sıkılıyorum.

Yavrucak hem ağlar, hem beni okşardı.

Ben de onu severdim. Üstelik acırdım da. Yanımda olduğu zamanlarda, kımıldamaktan bile çekinirdim. Belki istemeden ayaklarımla onu yaralayıverirīm diye korkardım.

Bir gün Pauline'in sevinçle bana doğru koştuğunu gördüm.

— Marsıvan, Marsıvan! diye bağırıyordu. Annem bana bir madalyon verdi, içinde kendi saçları var. Seninkileri oraya katmak istiyorum. Çünkü sen de benim dos-

tumsun, seni de seviyorum. Böylelikle, dünyada en çok sevdiğim insanların saçları hep yanımda olacak!
Pauline yelemden birkaç kıl kopardı, madalyonu açarak annesinin saçlarıyla karıştırdı.
Pauline'in beni çok sevdiğini görerek öyle sevinmiştim ki kıllarımın bir madalyonda saklanması beni hiç şımartmadı. Yalnız, madalyona pek güzel bir görünüş sağlamadığımı da açıklamak zorundaydım. Gümüşi, sert, kalın kıllarım annesinin saçlarına da kaba, korkunç bir görünüş vermişti. Pauline bunu fark etmiyordu. Madalyonu elinde çevirip, hayranlıkla bakıyordu. O sırada annesi yanımıza geldi:
— Nedir o baktığın şey? diye sordu
Pauline, saklamaya çalışarak:
— Madalyonum, dedi.
— Neden buraya getirdin?
— Marsıvan'a göstermek için.
— Amma da saçma! Pauline, sen bu eşekle nerdeyse aklını oynatacaksın! Sanki bir madalyonun ne olduğunu anlar mı bu hayvan!
Pauline:
— Anneciğim, emin ol anlıyor... Şey ettiğim zaman, ellerimi yaladı... derken, kıpkırmızı oldu, sustu.
Annesi:
— Neden sözünü yarıda kestin? Marsıvan niçin ellerini yaladı? diye sordu.
Pauline, sıkılarak:
— Anne, bunu sana söylemek istemiyorum, dedi. Beni azarlamandan korkuyorum da...
Annesi, hafifçe kızarak:
— Ne oldu? Söyle bakayım... Kötü bir şey mi yaptın? diye sordu.
— Hayır, hiç de değil!

— Öyleyse neden korkuyorsun? Marsıvan'a çok yulaf verdin değil mi? Hastalanmasına yol açacak kadar hem de... Bunun için bahse girebilirim.

Pauline:

— Hiçbir şey vermedim, dedi. Üstelik...

— Nasıl üstelik? Sabrımı tüketiyorsun, Pauline! Ne yaptığını söyle bakayım, çabuk! Bir saatten beri de neyle meşguldün?

Gerçekten de kıllarımı yerleştirmek bir hayli zaman sürmüştü. Madalyonun arkasına yapıştırılmış kağıdı çıkarmak, camı yerinden kaldırmak, kılları yerleştirmek hayli zor bir işti.

Pauline, biraz daha çekingen durduktan sonra, ürkek bir sesle:

— Marsıvan'ın saçlarını... şey için... diyebildi.

Anne, sabırsızlıkla:

— Niçin, söylesene? Ne yapmak için? diye sordu.

Pauline, alçak sesle:

— Madalyonun içine koymak için, dedi.

Anne, hırsla haykırdı:

— Hangi madalyona?

— Bana vermiş olduğun madalyona.

— Saçlarımla vermiş olduğum madalyona mı? Ya saçlarımı ne yaptın?

Pauline, madalyonu uzatarak:

— İşte burada duruyor, dedi.

Annesi, öfkeyle:

— Demek saçlarımı eşeğin kıllarıyla karıştırdın, öyle mi? diye haykırdı. Buna hiç diyecek yok, doğrusu! Sana verdiğim hediyeye hiç de layık değilmişsin! Beni bir eşekle bir tutuyorsun ha? Bana gösterilen sevginin aynını bir eşeğe de göstermek ne demekmiş!

Şaşkın bir halde duran zavallı Pauline'in elinden madalyonu çekip alarak yere fırlattı, ayağıyla parça parça etti. Sonra da, kızın yüzüne bile bakmadan, ahırdan çıkıp hızla kapıyı kapadı.

Pauline, annesinin böyle birdenbire öfkelenmesine şaşırmıştı. Bir zaman yerinden bile kımıldayamadı. Sonra, hıçkırıklarla ağlayarak, boynuma atıldı:

— Marsıvan, Marsıvan! Annemin bana yaptığını görüyorsun ya! Seni sevmeme tahammül edemiyor. Ne olursa olsun, ben seni seveceğim, hem de onları sevdiğimden daha da çok seveceğim. Çünkü sen iyi kalplisin, beni hiç azarlamıyorsun. Hiç üzmüyorsun, gezintilerimizde beni eğlendirmek için elinden geleni yapıyorsun. Marsıvan, ne yazık ki, söylediklerimi anlayamıyor, karşılık veremiyorsun. Öyle olmasaydı, ben sana neler anlatırdım!

Pauline sustu, sonra da kendini yere atarak, için için ağladı. Yavrucağın üzüntüsü beni de çok üzmüştü, ama ne onu avutabilirdim, ne de derdini anladığımı belirtebilirdim. Annesi kızına karşı aşırı sevgisinden ya da saçma nedenler yüzünden onu üzüyordu. Ona pek kızmıştım. Elimden gelseydi, Pauline'e ne derece acı çektirdiğini, zayıf bünyesini büsbütün harap ettiğini anlatmaya çalışacaktım. Yazık ki konuşamıyordum. Yalnız, Pauline'in yanaklarından aşağıya akan yaşlara bakıp, üzüntü duyuyordum.

Annesi gideli bir çeyrek saat kadar olmuştu ki ahırın kapısı açıldı, bir hizmetçi kız girdi içeri:

— Küçükhanım, anneniz sizi çağırıyor. Marsıvan'ın ahırında kalmanızı ve bir daha da buraya gelmenizi istemiyor.

Pauline:

— Marsıvan, zavallı Marsıvanım! diye haykırdı. Demek seni görmemi istemiyorlar artık!

— Gezmeye giderken sırtına binersiniz elbette. Anneniz, ahırda değil, salonda oturmanız gerektiğini söylüyor.

Pauline karşılık vermedi. Annesinin sözü muhakkak yerine gelmeliydi. Bana bir defa daha sarıldı. Gözyaşlarını boynumda hissettim. Ahırdan çıktı, bir daha da dönmedi.

O günden sonra Pauline gittikçe üzgün, hasta bir hal aldı. Öksürüyordu. Zayıflayıp sarardığını görüyordum. Kötü hava gezintilerimizi seyrekleştiriyor, kısaltıyordu. Beni şatonun merdivenlerinin önüne getirirler, Pauline de hiç konuşmadan sırtıma binerdi. Gözlerden uzaklaştığımız anda yere atlar, beni okşar, her günkü üzüntülerini bana anlatırdı. Böylece de içi biraz rahatlıyordu. Zaten anlamadığımdan da o kadar emindi ki. Bu dert yanmalarından, annesinin, madalyon hikayesinden beri suratının asıldığını, yüzünün de gülmediğini öğrendim. Pauline de bu yüzden daha üzülüyor, hastalığı da gün geçtikçe artıyordu.

## VIII
### YANGIN

Bir gece, tam uyumak üzereyken, "Yangın var!" sesleriyle gözümü açtım. Ürkmüştüm. Bağlı bulunduğum kayıştan kendimi kurtarmaya çalıştım, ama çekiştirmem, yerlerde yuvarlanmam işe yaramadı. Kör olası kayış bir türlü kopmak bilmiyordu. Sonunda, dişlerimle koparmak geldi aklıma. Biraz çabaladıktan sonra başardım da.

Yangının aydınlığı zavallı ahırımı gündüze çevirmişti. Haykırışlar, gürültü gittikçe artıyordu. Uşakların içler acısı hali, duvarların çatırdaması, tahta döşemelerin yıkılması, alevlerin uğultusu pek korkunçtu.

Duman ahırıma girmeye başlamıştı. Kimse kapımı açıp da dışarı çıkmama yardım etmiyordu. Alevler gittikçe artıyordu. Sıcaktan boğulmak üzereydim.

Kendi kendime, "Artık tamam!" dedim. "Burada diri diri yanacağım! Ne korkunç bir ölüm bu! Ah, Pauline, sevgili hanımım, zavallı Marsıvan'ı sen de unuttun!"

Daha bunu düşünmüştüm ki, kapı hızla açıldı. Pauline'in korkudan titreyen sesini işittim. Beni çağırıyordu. Kurtulmanın sevinci içinde ona doğru koştum.

Tam kapıdan çıkacağım sırada, korkunç bir çatırtı oldu, biz de gerilemek zorunda kaldık. Ahırın karşısındaki yapı yıkılmış, yıkıntılar da bütün geçitleri tıkamıştı.

Zavallı hanımım beni kurtarmak isterken kendisi ölecekti. Duman, yıkıntının tozları, sıcaklık bizi boğmak üzereydi. Pauline yanıma düşercesine oturdu.

Çok tehlikeli bir çareye başvurmaya karar verdim. Bizi başka hiçbir şey de kurtaramazdı. Yarı baygın haldeki küçük kızı dişlerimle elbisesinden yakaladım, yerleri dolduran, alev içindeki kirişlerin arasından ilerlemeye koyuldum. Elbisesi ateş almadan, oradan geçmeyi başardım.

Hangi yöne gitmem gerektiğini anlamak için, bir ara durakladım. Etrafımda her şey alev alev yanıyordu. Umudum, cesaretim kırılmıştı.

Büsbütün kendinden geçen Pauline'i yere bırakacağım zaman, gözüme, üstü açık bir mahzen ilişti. Hemen içine girdim. Üzerleri tonozla kaplı bu şato mahzenlerinden daha emin bir yer olamazdı. Pauline'i su dolu bir tenekenin yanına bıraktım. Kendine gelir gelmez, alnını, şakaklarını ıslatabilirdi.

Neyse, kısa zaman sonra kendine geldi. Ölümden kurtulmuştu. Her türlü tehlikeden uzak olduğunu görünce de oturup dua etti. Öylesine dokunaklı bir dua idi ki bu! Sonra bana dönüp derin bir sevgiyle, minnettarlıkla teşekkür etti. Tenekedeki sudan birkaç yudum içtikten sonra, etrafını dinlemeye başladı.

Yangın ortalığı kasıp kavuruyordu. Haykırmalar yine duyuluyordu ama sesler daha derinden geliyor, kimin sesi olduğu da anlaşılmıyordu.

Pauline:

— Zavallı babam, zavallı annem! dedi. Onların sözünü dinlemedim, Marsıvan'ı kurtarmak için koştum. Ama şimdi yangında öldüm sanacaklar. Yangının iyice sönmesini beklemek gerekiyor. Geceyi bu mahzende geçireceğiz. Ah, iyi kalpli Marsıvan, senin sayende kurtuldum!

Artık konuşmuyordu. Devrilmiş bir sandığın üstünde uyuyakalmıştı. Başı da boş bir fıçıya dayalıydı. Ben de çok yorgundum. Pek de susamıştım. Tenekedeki suyu içtim. Kapının yanına uzandım. Az sonra uyumuşum.

Ortalık aydınlanırken uyandım. Pauline hala uyuyordu. Yavaşça kalktım. Kapıya kadar giderek, araladım. Her şey yanmıştı. Yıkıntıların üzerinden atlayıp şatonun avlusundan da dışarıya çıkabilirdik.

Hafif perdeden, "Aaai aii!" diye seslendim. Amacım hanımımı uyandırmaktı. Derken, gözlerini açtı, beni kapının yanında görünce hemen koşup geldi, etrafına göz gezdirdi.

Üzgün bir sesle:

— Her yer yanmış! dedi. Her şey mahvolmuş! Şatoyu bir daha göremeyeceğim. Baştan yapılıncaya kadar da ben ölmüş olurum. Bunu çok iyi biliyorum. Zayıfım, hastayım. Annem ne söylerse söylesin, hem de çok hastayım!

Birkaç saniye, düşünceli düşünceli, kımıldamadan durduktan sonra:

— Gel, Marsıvanım! dedi. Artık buradan çıkalım. Babamla anneme görünmeliyim. Beni öldü sanıyorlardır.

Yıkılmış taşları, yerle bir olan duvarları, duman çıkan kirişleri hafif adımlarla aşıp geçti. Ben de peşinden gidiyordum. Çayırlığa ulaştık. Oraya gelince sırtıma bindi, kasabanın yolunu tuttuk.

Pauline'in annesiyle babasının sığındıkları evi bulmakta zorluk çekmedik. Zavallılar, kızlarını kaybettiklerini sandıkları için üzüntü içindeydiler.

Kızlarını görünce, sevinç çığlıklarıyla ona doğru koştular. Pauline annesine, babasına benim ne derece cesaretle, ne kadar akıllıca davranarak kendisini kurtardığımı anlattı.

Bana koşup teşekkür edecekleri, beni okşayacakları

yerde, annesi ilgisizce şöyle bir baktı, babası da hiç oralı olmadı.

Annesi:

— Onun yüzünden az daha yanıyordun, zavallı yavrucuğum, diyordu. Gidip onu ahırından çıkarmaya kalkmasaydın, orada kapalı kalmazdın.

Pauline hemen atıldı:

— Ama, beni kurtaran o!

Annesi onun sözünü keserek:

— Sus! Sus! dedi. Bu nefret ettiğim hayvanın adını anma bana! Nerdeyse senin ölümüne yol açacaktı!

Pauline iç çekti. Gözlerinde derin bir acıyla bana baktı, sustu.

O günden beri de onları hiç görmedim. Zavallı yavrucak yangının verdiği korkudan, uykusuz geçirdiği bir geceden sonra yorgun düşmüştü. Hele mahzenin soğuğuna hiç dayanamamıştı. Uzun zamandan beri çektiği hastalık daha da artmıştı. Bütün gün ateşler içinde yanıyor, bir an bile ateşi düşmüyordu. Yatağından bir daha kalkamayacak hale gelmişti. Bir ay içinde dünyadan çekiliverdi.

Kimsenin benimle ilgilendiği yoktu artık.

Ne bulursam onu yiyordum. Yağmura, soğuğa rağmen dışarıda yatıyordum. Minik sahibimin kötü haberini alınca, acıya dayanamayarak oradan koşa koşa kaçtım, bir daha da oralara hiç uğramadım.

## IX
### EŞEK YARIŞI

Kış gelmişti. Kuytu bir ormana sığınmıştım. Orada, ancak ölmeyecek kadar yiyecek, içecek bulabiliyordum. Dereler soğuktan donunca, ister istemez, karları yemeye başlıyordum. Yediklerim de dikenden ibaretti. Çamların altına kıvrılıp yatıyordum.

Elimde olmadan, eski sahibim Georget'nin yanında

bulunduğum zamanki halimle şimdiki durumumu karşılaştırıyordum. Beni sattıkları çiftçinin yanında bile çok daha iyiydim. Tembellik etmeyip, hainliğim tutup öç almaya kalkışmasaydım, güzel güzel yaşıyordum. Mutlu bile sayılırdım o günlerde.

Ara sıra ormana yakın bir köye gidiyor, dünyada neler olup bittiğini anlamaya çalışıyordum. Derken, bahar geldi. Bir gün, köyde garip bir kaynaşma gördüm. Köy bayram havasına bürünüvermişti. Köylüler öbek öbek yürüyorlardı, hepsinin sırtında pazarlık elbiseleri vardı. Asıl dikkatimi çeken şey memlekette ne kadar eşek varsa hepsinin de orada toplanmış olmasıydı.

Her eşeğin sahibi vardı, boynundaki ipinden tutuyordu hayvanı. Hepsi de fırçalanmış, taranmıştı; kimisinin başlarına, boyunlarına çiçekler takılmıştı. Hiçbirinde de semer yoktu.

"Olur şey değil!" diye düşündüm. "Bugün panayıra benzer bir şey de yok. Bütün arkadaşlarımın burada işi ne? Baksana, yıkanmışlar! Nasıl da tombul tombul olmuşlar! Anlaşılan kışın iyice beslenmişler."

Sonra bir de kendime baktım: Karnım içine göçmüş, sırtım kamburlaşmış, kısacası sıskam çıkmıştı. Uzun zamandan beri fırça yüzü görmemiş tüylerim yapış yapış olmuştu. Yalnız, kendimi oldukça güçlü buluyordum.

"Çirkin olayım, zararı yok, yeter ki sağlığım yerinde olsun," dedim. "Arkadaşlar beslenmiş, yağlanmışlar, güzelleşmişler. Acaba bütün kış benim çektiklerimi çekseler, o yorgunluğa, yoksunluğa katlanabilirler miydi?

Yaklaştım, eşeklerin toplantısının nedenini anlamak istiyordum. Onları tutan genç bir çocuk beni görünce gülmeye başladı.

— Bak hele sen! diye haykırdı. Arkadaşlar, şu gelen güzel eşeğe bakın. Ne iyi taranmış, fırçalanmış doğrusu!

Bir başkası:

— Hem de iyi besili, çok bakımlı! diye alay etti. Yoksa o da mı yarışa girmek için geldi?

Bir üçüncüsü:

— A, bakın! İstiyorsa, bırakın o da koşsun! dedi. Nasıl olsa kazanacağı yok...

Bu sözlere karşılık herkes gülmeye başladı. Çok sinirlenmiştim. Bu delikanlıların budalaca alayları hiç de hoşuma gitmemişti. Yalnız, bu arada, bir yarış için hazırlanıldığını da öğrenmiştim ya... Acaba nasıl, ne zaman yapılacaktı bu yarış? İşte öğrenmek istediğim buydu. Bunun için, söylediklerinden hiçbir şey anlamıyormuş gibi yaparak, iyice kulağımı verip dinledim.

Gençlerden biri:

— Yarış ne zaman başlıyor? diye sordu.

Arkadaşı:

— Hiçbir şey bilmiyorum. Belediye başkanını bekliyoruz, dedi.

Bir kadıncağız da:

— Eşeklerinizi nerede yarıştıracaksınız, delikanlılar? diye sordu. Değirmenin oradaki büyük çayırda.

— Burada bulunanlardan kaç taneniz eşek?

— Sizi saymazsak, on altı eşeğiz!

Bu şaka da yeni bir gülme dalgasıyla karşılandı.

Yaşlı kadın:

— Sen, çok şeytansın, çocuk! dedi. Peki, birinci gelen ne kazanacak?

— Bir kere, şeref kazanacak; sonra da, altın saat.

— Saati kazanabilmek için eşek olmaya razıyım. Benim hiç saatim olmadı da...

Delikanlı:

— Siz de bir eşek getirmiş olsaydınız, talihinizi denerdiniz, dedi.

Yine herkes içtenlikle gülüyordu.

Kadın:

— Nereden alacağım eşeği ben! Hiç eşek alabilecek, besleyecek halim oldu mu ki! dedi.

Bu iyi kalpli kadın hoşuma gitmeye başlamıştı. Pek neşeli görünüyor. Hemen karar verdim, ona saati kazandıracaktım. Koşmaya alışıktım doğrusu; her gün ormanda ısınabilmek için durmadan koşmuyor muydum? Daha önce de at kadar iyi ve hızlı koştuğum söylenirdi.

— Hadi bakalım! dedim kendi kendime. Bir kere talihimizi deneyelim biz de. Yarışı kaybedersem, bir kaybım olmaz. Kazanabilirsem, kadıncağıza bir saat kazandırıveririm. Zavallıcık ne kadar da hevesli baksana!

Hemen zıplaya hoplaya geldim en son eşeğin yanına yerleştim. Son derece azametli bir hal takınıp anırmaya koyuldum.

Çocuğun biri:

— Hey! hey! ahbap! diye bağırdı. Şu kulakları sağır eden müziğine bir son verir misin? Hem de sen oradan gitsene, eşek! Sahibin yok, tüylerin yapış yapış kirli. Sen koşamazsın!

Sustum ama yerimden de kımıldamadım. Kimi gülüyor, kimi de kızıyordu. Nerdeyse kavga etmeye başlayacaklardı ki yaşlı kadın bağırdı:

— Sahibi yoksa da olacak! Şimdi tanıdım ben bu hayvancağızı. Marsıvan bu ayol!.. Zavallı Pauline'in eşeği. Küçük kız ölüp de kimsesiz kalınca hayvanı salıverdiler. Bütün kışı ormanda geçirmiş sanırım. Çünkü o zamandan bu yana kimse görmüş değil. Onun için, ben yanıma alıyorum onu. Bugün benim adıma koşacak...

Herkes:

— Marsıvan'mış! diye bağırıyordu. Şu ünlü Marsıvan! Ne çok adı geçerdi, değil mi?

Çocuklardan biri:

— Bedava olmaz! dedi. Belediyenin kesesine hiç olmazsa elli kuruş koymanız gerek!

Kadıncağız:

— İş buna kalıyorsa, buyurun parayı alın, çocuklar! dedi. Mendilinin bir ucunu çözdü. Ama sakın başka para istemeyin benden, on param bile kalmadı.

— Hah, şimdi oldu! Kazanırsanız, çok paranız olacak Tranchet Ana, çünkü bütün köy halkı parasını bu torbaya attı. İçinde en az yüz frank var...

Tranchet Ana dedikleri kadının yanına yaklaştım, bir sıçradım, bir anırdım. Öylesine rahat bir tavrım vardı ki, çocuklar ödülü benim alacağımdan korkmaya başladılar.

Çocuklardan Andre adındaki, fısıldayarak:

— Bana bak, Jeannot, dedi, Tranchet Ana'nın torbaya para koymasına razı olmamalıydın. İşte şimdi Marsıvan yarışa katılabilecek. Haline bakılırsa, saatle parayı alacağa benziyor...

Jeannot:

— Hadi canım sen de! Amma da salak şeysin! dedi. Marsıvan'ın suratına baksana yahu? Kim bilir nasıl güldürecek bizi! Çok uzağa gidemez...

— Bilemem... Ona birazcık ot vereyim de uzaklaştıralım şuradan, ne dersin?

— Ya Tranchet Ana'nın verdiği para ne olacak?

— Canım, eşek bir kere başını alıp gitsin de nasıl olsa ona parasını geri veririz.

Jeannot:

— Doğru, dedi. Marsıvan nasıl benim, senin değilse, onun da sayılmaz. Hadi, git ot bul da gel, Tranchet Ana fark etmeden götür şuradan.

Hepsini duymuş, anlamıştım. Böylece de Andre kucağında önlük dolusu yulafla yaklaşınca, ona doğru gideceğime Tranchet Ana'ya yaklaşıverdim. Kadıncağızın hiçbir şeyden haberi yoktu; durmuş dostlarıyla ahbaplık ediyordu. Andre arkamdan geliyordu. Jeannot kulaklarımdan tutup başımı yana doğru çevirdi. Yulafı göremedim sanmıştı. Yulafı tatmak için can atıyordum ama yine de yerimden bile kıpırdamıyordum.

Jeannot beni çekiştirmeye başlamıştı. Andre de arkamdan itiyordu. Hemen en güzel sesimle anırmaya koyuldum... Tranchet Ana döndü, Andre ile Jeannot'nun ne yapmak istediğini görüverdi.

— Yaptığınız hiç de güzel bir şey değil, çocuklar, dedi. Elimde olan tek parayı bana verdirdiniz, şimdi de kalkmış hayvancağızı uzaklaştırmaya çalışıyorsunuz! Anlaşılan, ondan korkuyorsunuz, bana öyle geliyor.

Andre:

— Korkuyor muyuz? dedi. Onun gibi pis bir eşekten mi korkacakmışız! Hiç de değil, korktuğumuz falan yok!

— Öyleyse neden çeke çeke götürmeye çalışıyorsunuz?

— Ona yulaf yedirmek istiyorduk da.

Tranchet Ana alaylı alaylı güldü:

— O başka! Çok naziksiniz, doğrusu. Siz yere dökün, oradan yer. Daha rahat yesin bırakın da... Ben de ona kötülük düşünerek yem vermeye kalktınız sanmıştım... Bakın insan nasıl da yanılıyor!

Andre ile Jeannot utançlarından kıpkırmızı olmuşlardı. Belli etmemek için de ne yapacaklarını bilemiyorlardı. Arkadaşları da yakalandıklarını görüp alay etmeye başlamışlardı. Kahkahalarla gülüyorlardı. Tranchet Ana ellerini ovuşturuyor, ben de sevincimden dört köşe oluyordum.

Yulafımı seve seve atıştırdım. Yedikçe de kuvvetleniyordum. Tranchet Ana'dan pek hoşlanmıştım, canım! Hepsini mideme indirince yerimde duramaz oldum.

Derken, ortalık karıştı. Belediye başkanı eşeklerin yerlerine yerleştirilmesini emretmişti. Hepsini bir dizi haline getirdiler. Ben de, alçakgönüllü davranarak, en sonda durdum. Beni öyle tek başına görünce herkes kim olduğumu, kimin eşeği olduğumu soruşturdu.

Andre:

— Kimsenin değil, dedi.

Tranchet Ana:

— Benim! diye bağırdı.
Belediye başkanı:
— Yarış torbasına para koymak gerekirdi, Tranchet Ana! dedi.
— Koydum, Bay Başkan!
— Öyleyse onu da kaydediverin.
Yarışla uğraşan kimse:
— Kaydedildi, dedi.
— Güzel! Her şey hazır mı? Bir, iki, üç! Başlayın!
Eşekleri tutan çocuklar hemen yularlarını bırakıverdiler. Birer de kırbaç sallayıp koşturuverdiler. Beni tutan kimse yoktu, yine de sıramı bekledim.

Ötekiler benden azıcık öndeydi, ama yüz adım atmamışlardı ki yetişiverdim onlara. Hepsinin başına geçmiştim bile. Kendimi pek yormadan ilerliyordum... Çocuklar bağrışıyorlar, eşeklerini yola getirmek üzere kırbaçları şaklatıyorlardı.

Arada sırada dönüp onlara bakıyor, kaygılı suratlarını görmek istiyordum.

Zaferimden gururlanmak, onların çabalamalarına gülmek pek hoşuma gidiyordu doğrusu... Arkadaşlarım aramızın epey açılmasına pek içerlemişlerdi. Benim gibi, kimsenin adını bile bilmediği, acınacak durumdaki bir yaratığa yetişmek için çabalıyorlar, beni geçmeye, birbirlerinin yolunu kesmeye çalışıyorlardı. Arkamdan çılgın sesler yükseliyor, çifteler atılıyor, birbirlerini ısırıyorlardı.

Jeannot'nun eşeği beni geçmek üzereyken, hızla öne doğru sıçradım, onu geçiverdim. Ne var ki eşek kuyruğumdan yakalamıştı beni. Az kalsın acıdan yere düşecektim, ama kazanma hırsı, dişlerinden kurtulma cesaretini sağladı. Bu arada kuyruğumun bir parçası da kopmuştu.

Neyse ki öç alma hırsı beni sanki kanatlandırdı. Öylesine hızlandım ki ötekileri bir hayli geride bıraktım. Soluk soluğa kalmış, yorgun düşmüştüm ama mutluydum.

Büyük bir zafer kazanmıştım. Çayırın ucuna dizilmiş binlerce seyircinin alkışlarını sevinçle duyuyordum.

Ödülleri dağıtacak olan belediye başkanının önüne kadar, muzaffer bir eda ile, gurur duyarak yaklaştım. Tranchet Ana bana doğru ilerleyerek beni okşadı, bol bol yulaf vereceğini söyledi. Tam belediye başkanının vereceği saatle para kesesini almak üzere elini uzatmıştı ki, Andre ile Jeannot koşarak gelip:

— Durun, Bay Başkan, durun! diye bağırdılar. Ona ödül vermek doğru olamaz. Kimse bu eşeği tanımıyor. Bayan Tranchet'nin eşeği olmadığı gibi başka kimsenin de malı değil. Bu hayvan yarışçı sayılamaz. Birinci gelen benimki ile Jeannot'nunki. Saatle parayı bize vermeniz gerekiyor.

— Tranchet Ana yarış torbasına para koymadı mı?
— Evet, koydu ama...
— Para koyarken kimse ses çıkardı mı?
— Hayır, Bay Başkan. Yalnız...
— Yarış başlarken ses ettiniz mi?
— Hayır, Bay Başkan. Şu var ki...
— Öyleyse Tranchet Ana'nın eşeği saati de hak etti, parayı da.

Çocuklar direttiler:
— Bay Başkan, Belediye meclisini toplayın da mesele orada incelensin. Sizin tek başınıza hüküm vermeye hakkınız yok... diyorlardı.

Belediye başkanı kararsız görünüyordu. Onun duraladığını görünce, hemen dişlerimle elindeki saatle para kesesini kaptığım gibi Tranchet Ana'nın ellerine bırakıverdim. O zavallı ise, kaygı içinde, titreyerek, başkanın kararını beklemekteydi...

Bu akıllıca davranış seyircilerin bizden yana çıkmalarını sağladı, korkunç bir alkışla karşılaştım.

Belediye başkanı da gülerek:
— Tamam! dedi. Başarı kazanan eşek işi Tranchet

Ana'nın lehine hallediliverdi. Şimdi belediye meclisine gidip masa başında, bir eşeğin adaleti yerine getirmesini kabul etmemin doğru olup olmadığını tartışalım!
Sonra Andre ile Jeannot'ya da kurnazca bir göz atıp:
— Sanırım ki içimizde en büyük eşek Tranchet Ana'nın değil! dedi.
Seyirciler:
— Bravo! Bravo, Bay Başkan! diye haykırıyorlardı. Ahali gülmekten katılıyordu. Yalnız Andre ile Jeannot suratlarını asmışlardı elbette. Bana yumruk sallayarak, çekilip gittiler.
Ya ben? Acaba mutlu muydum? Hayır... Artık kimse yüzüme bakmıyordu. Tranchet Ana bile saatle yüz otuz beş frangı kazanmanın sevinci içinde, iyilik gördüğü yaratığı unutmuş, bana söz verdiği bolca yulaf ziyafetini bile düşünmeden, ahaliyle birlikte uzaklaşıyordu.

X
İYİ KİMSELER

Böylece, çayırda tek başıma kalmıştım. Üzgündüm, kuyruğum çok acıyordu. Kendi kendime, "Acaba eşekler insanlardan daha iyi yaratıklar mı?" diye soruyordum ki tatlı bir el beni okşadı. Yine öyle tatlı bir ses de şunları söylüyordu:
— Zavallı hayvancık! Sana karşı çok kötü davrandılar... Gel, cici eşek, seni büyükanneme götüreyim. Hem seni iyi besler, hem de kötü efendilerinden daha güzel bakar sana... Zavallıcık, ne kadar da zayıfsın!
Başımı çevirip baktım. Beş-altı yaşlarında, güzel bir oğlan çocuğuydu bu. Üç yaşında kadar olan kız kardeşi de dadısıyla birlikte bana doğru koşuyordu.
Kız:
— Bu zavallı eşekle neler konuşuyorsun? diye sordu.
Oğlan:

— Gelip büyükannemle birlikte oturmasını söylüyorum, dedi. Yapayalnız zavallıcık...

Kız kardeş:

— Evet, ağabey, iyi olur, büyükanneye götürelim onu, dedi. Yalnız, dur, ben de sırtına bineyim. Dadı! Dadı! Beni eşeğin sırtına bindirsene!

Dadısı küçük kızı sırtıma yerleştirdi. Oğlan da beni sürecekti ama yularım yoktu ki...

— Dur, Dadıcığım! dedi. Mendilimi boynuna bağlayayım.

Küçük oğlan mendilini boynuma bağlamayı denedi ama başaramadı, çünkü mendil çok küçüktü. Dadınınki de kısa geldi.

Oğlan ağlamaklı olmuştu.

— Dadıcığım, acaba ne yapsak? diye soruyordu.

Dadı:

— Kasabaya gidip bir yular ya da bir ip alalım, dedi. Gel, Jeanne, in eşeğin sırtından.

Adının Jeanne olduğunu anladığım kız, boynuma asılarak:

— Hayır, inmeyeceğim! Eşeğin sırtında kalacağım, diyordu. Beni eve kadar götürmesini istiyorum.

Dadı:

— Yürütmek için yular ister, dedi. Baksana, taşlanmış gibi yerinden bile kıpırdamıyor.

Oğlanın da adı Jacques'mış, sonradan öğrendim.

— Dadıcığım, biraz dur! diyordu. Şimdi göreceksin. Adı Marsıvan, biliyorum. Tranchet Ana söyledi bana. Onu okşayayım, kucaklayayım, ilerlemeye razı olacaktır.

Jacques kulağıma yaklaştı, beni okşayarak yavaşça:

— Hadi, Marsıvanım! Yürü, bakayım! dedi. Yalvarırım sana, yürü!

Bu iyi kalpli yavrucağın gösterdiği güven bana pek dokundu. İstediğini elde etmek için sopaya başvuracağı yerde, tatlılıkla, dostlukla davranışına sevinmiştim. O sözlerini, okşamasını bitirir bitirmez, ben de hemen yürümeye koyuldum.

Jacques, sevincinden kıpkırmızı kesilmişti, mutluluktan gözleri ışıldıyordu. Bana yolu göstermek için önden koşarken bağırıyordu:

— Gördün mü, Dadıcığım! Beni anladı! Beni seviyor demek...

Dadı:

— Eşek laftan anlar mı hiç! Burada durmaktan sıkıldığı için yürümeye karar verdi.

Jacques:

— Öyle ama, Dadıcığım, görmüyor musun, nasıl arkamdan geliyor!

Dadı:

— Cebindeki ekmek parçasının kokusunu duymuştur da ondan!

Jacques:

— Karnı aç mı dersiniz?

Dadı:

— Elbette açtır. Baksana ne kadar zayıf!

Jacques:

— Doğru. Zavallı Marsıvan! Cebimdeki ekmeği vermek de hiç aklıma gelmedi! Dadısının kahvaltı için cebine koyduğu ekmeği çıkartıp bana uzattı.

Dadının hakkımdaki kötü düşünceleri beni çok kırmıştı. Jacques'ın peşinden ekmeğin hatırı için gelmediğimi, kız kardeşini de iyi kalpliliğimden sırtımda taşıdığımı belirtmek istedim.

Küçük Jacques'ın uzattığı ekmek parçasını almadım. Yalnız elini yalamakla yetindim.

Jacques:

— Dadıcığım, Dadıcığım, baksana elimi öpüyor! Ekmeğimi istemiyor! diye haykırdı. Benim Marsıvancığım, bilsen seni ne kadar çok seviyorum! İşte, Dadıcığım, gördün ya? Beni sevdiği için peşimden geliyor, ekmek için değil.

Dadı:

— İyi, iyi... Kimsede görülmemiş bir eşeğin oldu demektir. Örnek olarak gösterilecek bir eşek... Bana gelince, bu hayvanları inatçı ve kötü oldukları için hiç sevmem.

Jacques

— Ah, Dadıcığım, zavallı Marsıvan hiç de kötü değil. Görmüyor musun, bana karşı ne iyi davranıyor!

Dadı:

— Bakalım hep böyle gidecek mi?

Küçük Jacques beni okşayarak:

— Marsıvancığım, sen bana karşı da, Jeanne'a karşı da her zaman iyi olacaksın, değil mi? diye sordu.

Ona dönerek, öylesine tatlı tatlı baktım ki, çok küçük olmakla birlikte, bu bakışımın anlamını kavradı. Sonra da dadıya dönüp, öfkeli öfkeli bir baktım. O da ne demek istediğimi anlamıştı.

— Ne kötü bakışları var! dedi. Çok hain hayvan! Beni paralayacakmış gibi baktı!

— Dadıcığım, bunu nasıl söyleyebilirsiniz! Bana öyle tatlı bakıyor ki, beni kucaklamak istiyor sanki.

İkisi de haklıydı. Ben de haklıydım. Jacques bana karşı iyi davranacağına göre ben de ona karşı da, bütün ev halkına karşı da son derece terbiyeli bir hayvan gibi davranacaktım. Bunun için kendi kendime söz veriyordum. Yalnız, şu hizmetçinin yaptığı gibi kötü muamele edeceklere de karşılık vermeyi aklıma koydum. İşte bu öç alma isteği sonradan felaketimin başlıca nedeni oldu.

Konuşa konuşa yürüyerek, büyükannenin şatosuna ulaştık. Beni kapının önünde bıraktılar. Ben de, terbiyeli bir eşek gibi, kıpırdamadan, yolun kenarındaki otlara bile saldırmadan, bekledim.

On dakika sonra, arkasından büyükannesini sürükleyerek, Jacques göründü.

— Gel bak Büyükanneciğim, bak ne tatlı! Beni nasıl da

seviyor! diye sıçrıyordu. Sonra ellerini kavuşturarak, sakın dadıma inanma, ne olur!.. diye yalvarmaya başladı.

Jeanne da:

— Lütfen, Büyükanne, inanma! diye ağabeyinin sözlerini destekledi.

Nine, gülümseyerek:

— Görelim bakalım şu mübarek eşeği! diye bana doğru yaklaştı.

Başıma dokundu, okşadı, kulaklarımı tuttu, ellerini ağzıma götürdü. Ben de hiç ısıracakmış gibi bir davranışta bulunmadım, kaçmayı bile denemedim.

Nine:

— Gerçekten de çok tatlı bir hali var.

Jacques:

— Çok iyi huylu hayvancık, değil mi, Büyükanne? Bizimle kalsın mı?

Nine:

— Sevgili evladım, ben de onun çok iyi huylu olduğuna eminim ama bizim olmayan bir hayvanı nasıl burada alıkoyabiliriz? Sahibi kimse onun yanına götürmeli.

Jacques:

— Sahibi yok.

Jeanne:

— Elbette sahibi yok.

Nine:

— Sahibi nasıl olmaz? Olur şey değil!

Jacques:

— Evet, Büyükanne. Tranchet Ana söyledi, sahibi yokmuş.

Nine:

— Öyleyse nasıl oldu da yarışın ödülünü Tranchet Ana adına kazandı? Yarış için yanına aldığına göre, birisi ödünç vermiş olmalı.

Jacques:

— Hayır, Büyükanne. Kendiliğinden geldi. Ötekilerle

birlikte yarışmak istedi. Tranchet Ana da, kazanacağı ödülü alabilmek için, yarış torbasına para koydu. Hayvanın sahibi yok. Marsıvan bu. Ölen Pauline'in eşeği. Kızın anası babası onu kovmuşlar evden, o da bütün kışı ormanda geçirmiş...

Nine:

— Marsıvan mı? Hanımını yangından kurtaran şu ünlü Marsıvan, öyle mi? Ah, zavallıyı gördüğüme çok sevindim! Gerçekten harika, eşsiz bir hayvan.

Kadıncağız etrafımda dönüp beni uzun uzadıya inceledi. Buralara kadar tanınmış olduğuma çok sevinmiştim. Gerdanımı kabartarak, kurum satmaya başladım. Burun deliklerimi açıp kapayarak, yelemi durmadan sallıyordum.

Ninecik, ağırbaşlı, aynı zamanda sitemli bir sesle:

— Zavallı hayvan çok zayıf, dedi. Gösterdiği bağlılığın karşılığını hiç de görmemiş. Bizimle kalsın, çocuğum, Madem iyi bakmaları, sevmeleri gereken kimseler onu kovmuşlar. Bouland'ı çağır, ahıra güzel otlarla ona yatak yaptırayım...

Jacques sevincinden havalara uçuyordu, uşak Bouland'ı çağırmaya koştu. O da hemen geldi.

Nine:

— Bak, Bouland, çocukların bulup getirdikleri bir eşek bu. Onu ahıra yerleştirip yiyecek içecek ver.

Bouland:

— Sonra sahibine mi teslim edeceğiz?

Nine:

— Hayır, sahipsizmiş. Anlattıklarına bakılırsa, küçükhanımının ölümünden sonra evden kovulan Marsıvan bu. Kasabaya gelmiş, torunlarım da onu çayırda, başıboş bulmuşlar. Buraya kadar getirmişler.

Bouland:

— Ona bakmakla çok iyi ediyorsunuz, Hanımefendi. Bütün memlekette eşi yoktur bu hayvanın. Öyle şaşılacak şeyler anlattılar ki bana bu hayvan hakkında! Sanki her

şeyi işitir, anlarmış. Şimdi Hanımefendi'ye kanıtlarım. Gel, Marsıvan, gel de yulafını ye bakalım.
Hemen uşağın peşine düştüm.
Nine:
— Şaşılacak şey! dedi. Gerçekten de söyleneni anlıyor.
Yaşlı kadın eve girdi. Jacques ile Jeanne benimle gelmek istediler. Beni bir ahıra götürdüler. Arkadaş olarak iki atla bir de eşek vardı. Bouland, Jacques'ın da yardımıyla, bana bir güzel yatacak yer yaptı. Sonra da gidip bir ölçek yulaf getirdi.
Jacques:
— Daha çok yem verin. Ne olur, daha, daha çok ver, lütfen. Çünkü çok koştu! diyordu.
— Öyle ama, Küçükbey, fazla yulaf yedirecek olursak, çok azgın olur. Sonra ne sen, ne de kardeşin onun sırtına binemezsiniz.
— Ah, öyle iyi hayvan ki o! Nasıl olsa bineriz.
Adamakıllı yulaf verdiler. Bir kova dolusu da su koydular yanıma. Çok susamıştım. Kovanın yarısını içtim. Bu iyi kalpli oğlanın beni buraya getirmesine sevinerek, yulafımı da tatlı tatlı yedim. Tranchet Ana'nın nankörlüğünü düşünerek, biraz da saman yiyip, otların üzerine uzandım. Hemen uyumuşum.

XI
MARSIVAN HASTALANDI

Ertesi gün, bir saat kadar çocukları gezdirmekten başka hiçbir iş görmedim. Jacques gelip kendi eliyle bana yulafımı veriyordu. Bouland'ın bütün uyarılarına rağmen de, daha üç eşeği doyuracak kadar yulaf getiriyordu. Ben de hepsini yiyordum.
Hayatımdan memnundum. Derken, üçüncü gün, hastalandım. Ateşim vardı. Başım ağrıyor, midem bulanıyor-

du. Ne yulaf yiyebildim, ne de saman. Otun üzerinde uzanmış, öylece yatıp kaldım.

Jacques beni görmeye gelince:

— A, Marsıvan hala yatıyor! dedi. Hadi, Marsıvancığım, kalk da sana yemini vereyim.

Yerimden kalkmak istedim ama başım yere devrildi. Oğlancağız:

— Eyvahlar olsun, Marsıvan hastalanmış! diye haykırdı. Bouland, Bouland! Çabuk gel, Marsıvan hastalanmış!

Bouland:

— Nesi var acaba? diye yanıma yaklaştı. Sonra yemliğe baktı. Yulafını yememiş, demek hasta, dedi. Kulakları sıcacık, karnı da inip kalkıyor. Baytara göstermeli.

Jacques büsbütün korkmuştu.

— Baytar da nedir? diye sordu.

— Baytar hayvanların doktorudur. Veteriner hekim de denir. Ben sana söylüyordum. Bu zavallı eşek çok sıkıntı çekmiş bu kış. Hem tüylerinden, hem de zayıflığından anlaşılıyor. Eşek yarışı gününde de koşup kızışmış. O gün az yulaf vermeliydik. Ot verseydin susuzluğunu giderirdi. Sen ise ona istediğinden çok yulaf verdin.

Küçük yavru hıçkıra hıçkıra:

— Ah, olamaz, benim yüzümden zavallı Marsıvan ölecek! diye ağlamaya başladı.

— Hayır, Küçükbey, bu kadarcık şeyle ölmez ama ona ot verip kan da almalı.

Jacques durmadan ağlayarak:

— Kan alırsanız, acısına dayanamaz, diyordu.

— Hiçbir şey duymaz. Şimdi göreceksin. Baytar gelinceye kadar ben ondan kan alırım bile...

Jacques dışarıya kaçarken:

— Bakamam ben! Canı acır! diye bağırıyordu.

Bouland, azıcık kanımı aldı. Sonra beni çayıra salıverdi. Daha iyiydim, ama tam iyi oldum denemezdi.

Ancak sekiz günde kendime gelebildim. Bu arada Jacques'la Jeanne unutamayacağım iyi kalplilikleriyle bana baktılar. Günde birkaç defa beni görmeye geliyorlardı. Yere eğilmeyeyim diye, yeşillik koparıp getiriyorlardı... Salata yaprakları, lahana, havuç...

Her akşam ahıra beni onlar sokuyordu. Yemliğimi de en çok sevdiğim şeylerle tıklım tıklım dolu buluyordum... Hele o tuzlu patates kabukları!

Bir gün bu iyi kalpli Jacques bana yastığını da vermek istedi. Çünkü uyurken başım çok aşağıya düşüyormuş. Bir başka gün Jeanne yatak örtüsüyle ayaklarımı örtmek istedi: Gece ısınmam için. Başka bir gün, üşümeyeyim diye bacaklarıma pamuklar sardılar.

Minnettarlığımı belirtemediğim için çok üzgündüm. Her şeyi çok iyi anlıyordum ama bir şey söyleyemiyordum. Sonunda adamakıllı iyileştim. O sırada, akraba çocukları arasında eşek yarışı yapılacağını haber aldım.

## XII
### HIRSIZLAR

Bütün çocuklar avluda toplanmışlardı. Komşu köylerden de bir sürü eşek getirtilmişti. Yarışta bulunanların hemen hepsini tanıyordum. Jeannot'nun eşeği bana korkunç bakışlar fırlatıyordu. Ben de ona alaylı alaylı bakıyordum. Jacques'ın ninesi bütün torunlarını bir araya getirmiş gibiydi: Camille, Madeleine, Elisabeth, Henriette, Jeanne, Pierre, Henri, Louis, Jacques. Küçüklerin anneleri de onlarla birlikte eşeklere binip gelecekler, babaları da arkadan, ellerinde değneklerle, yürüyeceklerdi. Niyetleri tembelleri yola getirmekti.

Yola çıkmadan önce, her zaman olduğu gibi yine biraz kavga ettiler. En iyi koşan eşeğe kim binecek diye birbirlerine giriyorlardı. Hepsi beni ıstıyordu ama kimse de beni başkasına vermeye razı olmuyordu elbette. En sonunda, kura çektiler. Küçük Louis'ye düşmüştüm. Kaderime razı olacaktım, Jacques'ın gözyaşlarını gizlice sildiğini fark edivermeseydim... Bana her bakışında, üzüntüsünden yaşlar gözlerinden yanaklarına damlıyordu. Buna pek üzülmüştüm. Ne yazık ki onu avutmak elimden gelmezdi. Onun da benim gibi, olacağa boyun eğmeye, sabırlı olmaya alışması gerekiyordu. Sonunda kaderine razı oldu.

Eşeğinin sırtına binerken Louis'ye:

— Hep senin yanında kalacağım Louis. Marsıvan'ı fazla koşturma da, ben arkalarda kalmayayım, dedi.

— Neden arkalarda kalacakmışsın? Neden benim gibi sen de eşeğini dörtnala koşturamayacakmışsın?

— Çünkü Marsıvan bizim memleketteki eşeklerin en hızlı koşanı da ondan.

— Nereden biliyorsun bunu?

— Köydeki panayırda eşeklerin yarışmasını seyrettim. Marsıvan hepsini geçti.

Louis ona söz verdi. İkisi de hızlı gitmeyecekti, tırıs olarak yola çıktılar. Arkadaşım pek kötü bir hayvan değildi. Bu yüzden onu geçmemek için kendimi pek sıkıntıya sokmam gerekmedi, ötekiler de iyi kötü peşimizden geliyorlardı.

Böylece, bir ormana vardık. Çocuklar orada çok eski bir manastırla bir de kilisenin yıkıntılarını gezeceklerdi. Bu çok değerli yıkıntıların memleket içinde pek kötü bir ünü vardı.

Bu yüzden oralara kalabalık olmadan gidilmezdi. Dediklerine bakılacak olursa, geceleri yıkıntıların altından acayip gürültüler, iniltiler, bağırmalar, zincir şıkırtıları duyuluyormuş. Bu söylentilerle alay eden bazı yolcular, tek başlarına gidip yıkıntıları görmek istemişler, bir daha da dönmemişler. O zamandan beri bu olaydan söz eden olmamış. Herkes eşeklerden indikten sonra bizlerin de yularlarımızı serbest bıraktılar, otlamamıza izin verdiler.

Anneler, babalar, çocuklarının ellerinden tutup, uzaklaşmamalarını sıkı sıkı tembih ediyorlardı. Ben de yavrucakların yıkıntılar arasında kaybolduklarını gördükçe tasalanıyordum.

Arkadaşlarımdan ayrılarak, güneşten korunmak için, yarı yıkılmış bir kemerin gölgesine sığındım. Koruluğa yakındım, manastırdan da uzakta sayılırdım.

Ancak bir çeyrek saatten beri orada bulunuyordum ki kemerin yakınından bir gürültü gelmeye başladı. Etrafı görebildiğim halde, kimsenin beni görmeyeceği bir yıkık duvar kovuğuna iyice saklandım. Boğuk gürültü, gittikçe artıyordu. Toprağın altından geldiği de sanılabilirdi. Çalıların arasından, dikkatli dikkatli etrafına bakınan bir erkek başının çıktığını görmekte gecikmedim.

Her yönü iyice kolladıktan sonra, yavaşça:

— Hiçbir şey yok, arkadaşlar... Kimseler görünmüyor, gelebilirsiniz? dedi. Her biriniz bu eşeklerden birini yakalayın, çarçabuk alıp götürün...

Yana çekildi... Bir düzine kadar adamın geçmesi için yol verdi. Yine alçak sesle:

— Eşekler kaçacak olurlarsa, yakalamaya uğraşmayın, acele edin, gürültü yapmayın! diye tembih etti.

Ulu ağaçların yetiştiği ormanın sık dallarla kaplı bu kısmında adamlar sessizce yürüyorlardı. Dikkatliydiler ama acele ediyorlardı. Gölgeliği arayan eşekler de ağaçlığın dibinde otlamaktaydılar. Aldıkları emir gereğince, hırsızların her biri bir eşeği yularından yakalayıp ormanın sık yerlerine sürükledi. Eşekler karşı gelseler, çırpınıp anırsalar böylece ortalığı velveleye verseler ya! Hayır. Aptallar gibi boyun eğerek, istenilen yere sürüklendiler. Bir koyun bile bundan daha budalaca davranmazdı.

Beş dakika sonra hırsızlar kemerin dibindeki yere ulaşmışlardı. Arkadaşlarımı teker teker çalıların arasından geçirdiler, ortadan kayboldular. Sonra toprağın altından adımlarının sesini işittim, her şey eski halini aldı.

— Demek memleketi korkudan titreten gürültüler buymuş! diye düşündüm. Manastırın mahzeninde bir hırsız çetesi gizlenmekte, anlaşılan. Onları yakalatmak ama, nasıl? İşte zorluk burada ya!

Bulunduğum yerden yıkıntıların tümünü, etrafındaki manzarayı çok iyi görebiliyordum. Oradan ancak eşeklerini arayan çocukların seslerini duyunca çıktım. Kemere, yeraltı girişlerini örten çalılıklara yaklaşmamaları için, hemen engelledim onları...

Louis:
— İşte Marsıvan! diye haykırdı.
Öteki çocuklar da:
— Ya bizim eşeklerimiz nerede? diye hep bir ağızdan bağırdılar.
Louis'nin babası:
— Yakın bir yerde olmalılar. Hadi arayalım! dedi.
Jacques'ın babası da:
— Biraz da o çukurdan yana arasak, dedi. Buradan görünen yıkık kemerin arkasında... otlar çok taze. Hayvancağızlar muhakkak tatmak istemişlerdir.

Kendilerini tehlikeye atacaklarını düşünerek, titriyordum. Hemen kemerden yana koşup oradan geçmelerine engel olmak istedim. Beni uzaklaştırmaya çalıştılar ama, o kadar şiddetle karşı koyuyor, hangi taraftan geçmeye kalksalar engellemek için çırpınıyordum ki, Louis'nin babası onları durdurdu.

— Beni dinle, azizim. Marsıvan'ın direnmesinde olağanüstü bir şey var. Bu hayvanın zekası malum! Hakkında neler anlattıklarını hatırlarsın değil mi? Onun uyarısını dikkate alıp, geri dönelim. Zaten eşeklerin de yıkıntıların öte yanında bulunduklarını sanmıyorum.

Jacques'ın babası:
— Hakkın var, dedi. Bak, kemerin yakınında bulunan otlar nasıl iyice çiğnenmiş! Eşeklerimizin çalınmış olduklarını düşünüyorum.

Çocuklar annelerinin yanına döndüler. Kadınlar yavrucakların uzaklaşmalarını engellemişlerdi... Gözlerimle dönüşlerini izliyor, belki de onları büyük bir felaketten kurtarabildiğim için seviniyordum. Yavaş yavaş konuştuklarını duydum. Bir araya geldiler, sonra da beni yanlarına çağırdılar.

Louis'nin annesi:

— Nasıl gideceğiz? dedi. Bir eşek tek başına çocukların hepsini taşıyamaz ki.

Jacques'ın annesi:

— Küçükleri Marsıvan'ın sırtına bindirelim, büyükler de bizimle birlikte peşlerinden giderler, dedi.

Henriette'in annesi de:

— Gel bakalım, Marsıvan, diye bana seslendi. Kaç çocuk taşıyabileceksin bir defada?

Çocukların en küçüğü Jeanne olduğu için sırtıma önce onu yerleştirdiler. Arkadan da Henriette, Jacques, Louis de üstüme çıktılar. Hiçbirisi de ağır değildi. Tırıs yürüyerek, hiç yorulmadan dördünü de taşıyabileceğimi belirtmek istedim.

Babalar hep birden bağırdılar:

— Marsıvan, ağır yürü ki biz de senin peşinden rahatlıkla gelip küçükleri tutabilelim.

Adımlarımı ağırlaştırdım, daha büyük çocuklarla annelerin arasında ilerlemeye başladım. Babalar da, ayaklarını sürüye sürüye gelenleri bir araya toplamaya çalışıyorlardı.

Kafilenin en küçüğü, Henri:

— Anne, diye seslendi. Neden babam eşeklerimizi aramadı?

Yol ona uzun gelmeye başlamıştı.

Anne:

— Çünkü babana göre, bütün eşekler çalındı, onları aramak hiçbir işe yaramaz artık.

Henri:

— Çalınmış mı? Kim çalmış olabilir? Ben kimseyi görmedim orada.

Anne:

— Ben de görmedim ama kemerin yakınında ayak izleri vardı.

Pierre de:

— Öyleyse, Anne, hırsızları aramak gerekmez miydi? diye sordu.

Anne:

— Çok ihtiyatsızlık olurdu. On üç eşek çaldıklarına göre demek ki hırsızlar çok kalabalık. Yanlarında silahları da vardır. Babalarınızı öldürebilirler ya da yaralayabilirlerdi.

Pierre:

— Ne gibi silah, Anne?

Anne:

— Sopalar, bıçaklar, belki tabancalar...

Camille de:

— Çok tehlikeli bir durum, dedi. Babam amcalarımla birlikte dönmekle çok iyi etti.

Annesi:

— Bir an önce eve dönmeye çalışalım, dedi. Baban amcalarınla şehre inmek zorunda kalacak.

Pierre:

— Ne işleri var? diye sordu.

— Jandarmalara haber verecekler.

Camille:

— Şu yıkıntılara keşke hiç gitmeseydik! dedi.

Madeleine:

— Neden, dedi. O kadar güzeldi ki!

— Evet ama çok tehlikeli bir yer. Ya hırsızlar eşekleri çalacaklarına hepimizi kaçırsalardı?

Elisabeth:

— Olacak şey mi! dedi. Biz çok kalabalıktık.

Camille:
— Hırsızlar da kalabalık olabilirlerdi.
Elisabeth:
— Hep birlikte dövüşürdük.
Camille:
— Neyle? Yanımızda bir sopa bile yoktu ki!
Elisabeth:
— Ya ayaklarımız, yumruklarımız, dişlerimiz ne güne duruyor? Ben tırmalamakla, ısırmakla başlardım. Gözlerini tırnaklarımla çıkarırdım.
Pierre:
— Hırsız da seni öldürüverirdi. Tamam mı?
Elisabeth:
— Öldürüverir miydi? Babamla annem hiç mi seslerini çıkarmayacaklardı? Gözlerinin önünde öldürülmeme, kaçırılmama seyirci mi kalacaklardı?
Madeleine:
— Hırsızlar onları da öldürürlerdi.
Elisabeth:
— Bütün bir ordu mu vardı sanıyorsun sen orada?
Madeleine:
— On iki kişi bile olsalardı durum değişmezdi.
Elisabeth:
— Yani, bir düzine, öyle mi? Amma da saçma! Hırsızların da midyeler gibi düzinelerle mi gezindiklerini sanıyorsun?
Madeleine:
— Seninle de konuşulmaz! Hemen alaya başlarsın. Ben ise bahse girerim ki, on üç eşeği çalmak için en azından on iki kişi vardır!
Elisabeth:
— Kabul ediyorum. On üçüncü de cabası!
Bu konuşma annelerle öteki çocukları çok eğlendirmişti. Yalnız Elisabeth'in annesi konuşmanın kavgaya benzer bir şekil aldığını görmüştü, kızını susturdu. Ma-

deleine'in haklı olduğunu da kabul ediyordu. Gerçekten hırsızlar kalabalık olmalıydı.

Eve yaklaşmıştık. En sonunda kapının önüne gelebildik. Herkesin yaya olması, benim sırtımda da dört küçük çocuğun bulunması, bizi karşılayanları pek şaşırtmıştı. Babalar eşeklerin kayboluşunu, benim de kaybolan hayvanların aranmasına karşı direnmemi anlatınca, ev halkı bir sürü acayip tahminler yürütmeye başladı. Kimi eşekleri şeytanların kaçırdığını söylüyor, kimi kilisede yatan rahibelerin hayvanları alıp onlarla dünyayı dolaşmaya çıkacaklarını ileri sürüyordu; kimine göre de koruyucu melekler mezarlığa çok yaklaşan hayvanları toz haline getirmişlerdi.

Yeraltında hırsızların saklanabileceği hiç kimsenin aklına gelmemişti.

Eve döner dönmez babaların üçü gidip nineye eşeklerin çalındığını anlattılar. Sonra da atları arabaya koşturup, komşu kasabadaki jandarma komutanlığına durumu haber vermek için yola çıktılar.

İki saat sonra iki jandarma subayı ve altı jandarma eriyle dönmüşlerdi. Ne derece zeki olduğum etrafa öylesine yayılmıştı ki! Kemerden geçmelerine engel olduğumu duyunca, durumun ciddi olduğuna iyice karar verdiler. Hepsinde tabanca, tüfek vardı. Dövüşmeye hazırdılar. Öyleyken, yine de ninenin ikramını kabul edip hanımlarla, beylerle birlikte yemeğe oturdular.

## XIII
### HIRSIZLAR YAKALANIYOR

Yemek uzun sürmedi. Gece olmadan jandarmalar incelemelerini yapmak istiyorlardı. Beni de götürmek için nineden izin istediler.

Subay:

— Araştırmalarımızda bu eşek bize çok yararlı olacaktır, Hanımefendi, diyordu. Marsıvan herhangi bir eşeğe benzemiyor. Kendisinden beklediğimiz şeylerden daha zorlarını başarmıştır şimdiye kadar.

Nine de:

— Madem size yararlı olacağına inanıyorsunuz, elbette alabilirsiniz, dedi. Yalnız, çok rica ederim, onu pek yormayın. Zavallı hayvan bu sabah aynı yolu gidip dönüşte de torunlarımdan dördünü sırtında getirdi.

Subay söz verdi:

— Hiç merak etmeyin, bundan yana içiniz rahat olabilir. Kendisine karşı çok yumuşak davranacağız.

Yemeğimi yemiştim: Bir ölçü yulaf, bir kucak salata, havuç, çeşitli sebze. Karnım doymuş, suyumu da içmiştim, artık nereye olursa gidebilirdim.

Beni almaya geldiler. Hemen kafilenin başına geçtim. Yola düzüldük, işe bakın! Jandarmalara bir eşek kılavuzluk ediyordu! Buna hiç de sinirlenmediler çünkü çok iyi yürekli insanlardı. Bütün yol boyunca bana nasıl bakacaklarını bilemediler. Beni yoruldu sanınca atlarının gidişini ağırlaştırıyorlar, her rastladığımız derede su içmemi teklif ediyorlardı.

Ortalık kararırken manastıra ulaştık. Subay adamlarına beni izlemelerini, hep birden yürümelerini emretti. Hiç çekinmeden, on iki hırsızın çıktığı çalıların yakınındaki kemerin giriş yerine kadar götürdüm onları. Girişin kenarında durduklarını görünce tasalandım. Oradan uzaklaşmaları için duvarın arkasından birkaç adım yürüdüm. Peşimden geldiler. Hepsi bir yere toplanınca, ben yine çalılara doğru gittim. Çünkü peşimden gelmelerine engel olmak istiyordum. Maksadımı anladılar, duvar boyunca gizlendiler.

Yeraltının girişine yaklaşarak, ciğerlerimin var gücüyle anırmaya başladım. İstediğimi elde etmiştim. Mahzenlerde kapalı bulunan bütün arkadaşlarım bana karşılık vermek için birbirleriyle yarışa çıkmışlardı.

Jandarmalara doğru bir adım attıktan sonra, yine yeraltı girişinin yakınında durdum. Yine anırmaya başladım ama karşılık veren olmadı. Anlaşılan hırsızlar arkadaşlarımın bana karşılık vermelerine engel olmak için kuyruklarına taş bağlamışlardı. Herkes bilir ki, anırmak için kuyruğumuzu kaldırırız. Taşın ağırlığı kuyruk kaldırmaya engel olacağı için, arkadaşlarım da susmak zorunda kalmışlardı.

Girişin iki adım gerisinde duruyordum. Birdenbire çalıların arasından bir insan kafası çıktı, dikkatle etrafına bakındı... Yalnız beni görmüştü.

— İşte bu sabah yakalayamadığımız çapkın, dedi. Sen de şimdi geveze arkadaşlarının yanında bulacaksın kendini, hiç merak etme!

Tam beni yakalayacağı sırada iki adım geriledim. Adam peşimden geldikçe ben de yavaş yavaş kaçıyordum, ta ki dostlarım jandarmaların saklandıkları duvarın köşesine gelinceye kadar.

Hırsız ağzını açıp haykırmaya kalmadan üzerine atılıp, sıkıca bağladılar, sımsıkı sarıp yere uzattılar.

Ben yine girişe yaklaşıp anırmaya koyuldum. Çünkü arkadaşlarının akıbetini öğrenmek için hırsızlardan birinin daha meydana çıkacağını biliyordum. Gerçekten de, çalıların arasından yol açılarak, başka bir baş göründü, o da dikkatle etrafını kolladı.

İkinci hırsız da birincisi gibi davrandı. Ben de aynı şekilde jandarmalara onu da yakalattım.

Bu böylece tam altı hırsızı yakalatıncaya kadar sürdü. Altısı yakalandıktan sonra, ne kadar anırdımsa da kimse görünmedi. Arkadaşlarının akıbetini öğrenmek için dışarıya çıkanlar geri dönmeyince, yeraltındakiler de durumdan şüphelenip kafalarını dışarıya çıkarmaya cesaret edememişlerdi, anlaşılan.

Artık gece olmuştu. Ortalık kararmış, bir şeyler görünmüyordu. Jandarma subayı, adamlarından birini gönderip, hırsızlara hücum etmek için kuvvet istetti. Aynı zamanda sımsıkı bağlı olan altı hırsızı da bir arabayla jandarma karakoluna gönderdi. Kalanlar da, öbür hırsızların manastırdan çıkışlarını gözden kaçırmayacaklardı. Beni de istediğim gibi davranmakta serbest bıraktılar. Sırtımı okşadılar, yaptıklarım için de bol bol, "Aferin!" dediler.

Jandarmalardan biri:
— Eşek olmasaydı, madalya hak etmişti, diyordu.
Bir başkası:
— Nasıl olsa sırtında yok mu? dedi.
Bir üçüncüsü de:
— Saçmalama sen de! dedi. Bilirsin ki eşeklerin sırtlarındaki bu işaret İsa peygamberin onlardan birinin sırtına binmiş olduğunu gösterir. Şeref nişanıdır o!
Subay, alçak sesle:
— Susun, dedi. Marsıvan kulaklarını dikiyor!
Gerçekten de kemerden yana garip bir gürültü duymuştum. Buna ayak sesi denemezdi. Daha doğrusu, susturulmaya çalışılan haykırmalara benziyordu. Jandarmalar da duyuyorlardı ama ne olduğunu anlamamışlardı. Derken manastırın alçak pencerelerinden dumanlar yükselmeye başladı. Birkaç dakika sonra her taraf alev içinde kalmıştı.
Subay:
— Kaçmak için mahzenleri ateşe verdiler! dedi.
Bir jandarma eri:
— Gidip söndürelim, teğmenim! diye atıldı.
— Hayır, olmaz. Çıkışlara şimdi daha çok dikkat edin. Hırsızlar görünecek olursa tüfekle ateş edersiniz. Tabanca ile ateş etmeyi sonraya bırakın.
Subay, hırsızların manevralarını iyi keşfetmişti. Yerlerinin anlaşıldığını, arkadaşlarının yakalandıklarını anlamışlardı. Yangın sayesinde, jandarmaların da yangını söndürmek için kaybedecekleri zaman yüzünden, kaçabileceklerini, arkadaşlarını bile kurtarabileceklerini ummuşlardı.

Çalıların gizlediği çıkıştan altı hırsızla, elebaşlarının hızla dışarıya fırladıklarını gördük. Orada yalnız üç jandarma nöbet tutuyordu. Hırsızlar silahlarını kullanmaya zaman bulamadan, jandarmalar ateş ettiler.

Hırsızların ikisi yere yuvarlandı. Birisinin de kolu yaralandığı için tabancası elinden yere düştü. Sağlam kalan öteki üç hırsızla başları jandarmalara çullandılar. Onlar da, bir ellerinde kılıç, öbür ellerinde tabanca, tıpkı aslanlar gibi çarpışıyorlardı. Manastırın öbür yanındaki çıkışları kollayan subayla öteki jandarma erleri çatışma yerine koşuncaya kadar sorun halledilmişti bile. Hırsızların hepsi ya ölmüş ya da yaralanmıştı. Yalnız, hırsızların başı ayakta kalmıştı; o da, bir jandarmayla dövüşüyordu. Öteki iki hırsız ağır yaralıydı. Arkadan gelen kuvvet savaşa son verdirmişti. Bir anda hırsız başının etrafı çevrildi, silahı elinden alındı, sıkıca bağlanıp, altı arkadaşının yanına uzatıldı. Dövüş sırasında yangın sönmüştü. Yananlar zaten çalı çırpıdan, küçük tahta parçalarından ibaretti. Subay, yeraltına girmeden önce, yardım kuvvetlerini bekledi. Gece adamakıllı basmıştı. En sonunda, baktık altı jandarma, esirleri götürecek arabayla geliyor! Hepsini yan yana arabanın içine yatırdılar. Subay pek iyi kalpliydi. Ağızlarındaki tıkaçların çıkartılmasını emretmişti. Bunun üzerine de adamlar jandarmalara durmadan küfür etmeye başladılar. Neyse ki onların söylediklerine jandarmaların önem verdikleri yoktu. Haydutlarla birlikte iki er de arabaya bindi. Yaralıları taşımak için de sedyeler yaptılar.

Bu hazırlıklar olurken, yanına sekiz kişi alan subayla birlikte ben de yeraltına indim. Gitgide aşağıya doğru inen bir geçitten sonra, hırsızların yaşadıkları yere ulaştık.

Küçük mahzenlerden birisini ahır gibi kullanıyorlarmış. Bir gün önce çaldıkları bütün arkadaşlarımı orada bulduk. Hepsinin de kuyruklarında birer taş bağlıydı.

Hemen kuyruklardaki taşları çıkarttılar, eşekler de bir ağızdan anırmaya başladı. Yeraltında bu ses insanı kolaylıkla sağır edebilirdi.

Jandarmalardan biri:

— Eşekler, susun bakalım! dedi. Yoksa kuyruklarınıza yine boncukları takarız ha!..

Başka bir jandarma da:

— Bırak da söylensinler, dedi. Marsıvan'ı alkışlıyorlar, anlamıyor musun?

Birinci jandarma güldü:

— Öyle ama başka bir hava tuttursalar daha iyi olur!

Kendi kendime:

— Belli ki bu adam müzikten hoşlanmıyor, dedim. Arkadaşlarımın seslerinden ne diye şikayet ediyor? Zavallılar kurtuldukları için sevinçten ne yapacaklarını bilemiyorlar.

Yürümeye devam ettik. Yeraltı mahzenlerinden biri çalınmış eşya ile doluydu. Başka biri de esirlerle doluydu. Hırsızlar işlerini bunlara gördürüyorlardı. Kimi yemek pişiriyor, kimi sofraya bakıyor, kimi de ortalığı temizliyordu. Kimileri de elbiselerin, ayakkabıların bakımlarıyla görevliydi. İki yıldır orada yaşayan bile vardı içlerinde. İkişer ikişer zincirle bağlanmışlardı. Kollarında, ayaklarında küçük çıngıraklar asılıydı. Hırsızlar onların ne yana gittiklerini anlamak için bu çıngırakları takmışlardı. Yanlarında da hep iki kişi nöbet bekliyordu. Hiçbir zaman aynı yeraltı mahzeninde iki kişiden fazla bırakmıyorlardı. Elbiselerle uğraşanların hepsi birden aynı yerdeydiler, ama çalıştıkları süre içinde de, bağlı oldukları zincirin bir ucu duvardaki halkaya tutturuluyordu.

Sonradan, bu zavallıların iki yıl önce yıkıntıları görmeye gelen turistler olduklarını öğrendim. On dört kişiydiler. Hırsızlar onların gözleri önünde, içlerinden üçünü öldürmüşler: İkisi hastaymış, biri de iş yapmak istemiyormuş.

Jandarmalar bu zavallıların hepsini kurtardılar. Eşekleri şatoya getirdiler, yaralıları hastaneye taşıdılar, hırsızları da hapse attılar. Duruşmaları oldu, hüküm de giydiler. Başları ölüme mahkum oldu, ötekiler de Cayenne'e sürüldüler. Bana gelince, ben kahraman oldum. Her dışarıya çıkışımda, beni görenler yanındakilere, "İşte ünlü Marsıvan! Tek başına memleketin bütün eşeklerine bedeldir!" diyorlardı.

XIV
DİLENCİ KIZ

Ninenin ne kadar erkek ve kız torunu varsa benim de o kadar efendim, hanımlarım vardı. Bu küçükhanımlarımın da pek sevdikleri bir hala kızları vardı. Yaşıtları olan bu küçük kızın adı Therese'di. Çok iyi kalpli bir kızcağızdı. Sırtıma bindiği vakit eline değnek almadığı gibi, ötekilerin de bana vurmalarına izin vermezdi. Günün birinde küçükhanımlarım, bir gezinti sırasında, yolun kenarına oturmuş bir küçük kıza rastladılar. Onlar yaklaşırken çocuk zorlukla ayağa kalktı, yanlarına gelip sadaka istedi. Üzgün, çekingen hali Therese ile arkadaşlarına çok dokunmuştu.

Therese:

— Neden topallıyorsun? diye sordu.

Küçük kız:

— Ayakkabılarım ayaklarımı acıtıyor da ondan, küçükhanım.

Therese:

— Neden annen sana başka ayakkabı almıyor?

Küçük kız:

— Annem yok, küçükhanım.

Therese:

— Baban?

Küçük kız:

— Babam da yok, küçükhanım.
Therese:
— Peki ama, sen kiminle oturuyorsun?
Küçük kız:
— Kimseyle, tek başıma yaşıyorum.
Therese:
— Kim yemek veriyor sana?
Küçük kız:
— Bazen hiç kimse, bazen de herkes.
Therese:
— Kaç yaşındasın?
Küçük kız:
— Pek iyi bilemiyorum, küçükhanım, belki yedi yaşındayım.
Therese:
— Nerede yatıyorsun?
Küçük kız:
— Beni kim yanına alırsa onun yanında. Herkes beni kovduğu vakit de dışarıda, bir ağacın altında, bir çitin dibinde, nerede olursa olsun yatarım.
Therese:
— Öyle ama, kışın soğuktan donarsın.
Küçük kız:
— Üşüyorum ama alıştım artık.
Therese:
— Bugün yemek yedin mi?
Küçük kız:
— Dünden beri bir şey yemedim.
Therese'in gözleri yaşla dolmuştu:
— Ne acı! dedi. Çocuklar, nineniz bu yavrucuğa yiyecek vermemize razı olur, değil mi? Belki şatoda bir yerde yatırmamıza da sesini çıkarmaz.
Öteki kızlar hep bir ağızdan:
— Elbette ninemiz böyle bir şeye seve seve razı olur, diye bağırdılar. Zaten her istediğimizi yapar...

Madeleine:
— Peki ama, eve kadar nasıl götüreceğiz? Baksana nasıl topallıyor, Therese, görmüyor musun? diye sordu.
Therese:
— Marsıvan'ın sırtına bindiririz. Sıra ile ikişer ikişer biz bineceğimize, eve kadar onu taşıtırız, dedi.
Ötekiler:
— Çok güzel bir fikir! diye haykırdılar.
Küçük kızı çabucak sırtıma yerleştiriverdiler.
Camille'in cebinde sabah kahvaltısından bir parça ekmek kalmıştı. Küçük kıza verdi, o da büyük bir iştahla yedi. Sırtımda bulunmaktan çok memnundu ama bir şey söylemiyordu. Yorgunluktan, açlıktan yorgun düşmüştü.
Evin önüne gelir gelmez durdum. Camille ile Elisabeth küçük kızı mutfağa götürürlerken, Madeleine'le Therese de ninelerinin yanına koşmuşlardı.
Madeleine:
— Nineciğim, diye söze başladı, yolda çok yoksul bir kıza rastladık. Ona yiyecek vermemize izin verir misin?
— Elbette, yavrum. Kim bu kız?
— Bilmiyoruz kim olduğunu, Nineciğim.
— Nerede oturuyormuş?
— Hiçbir yerde.
— Ne demek hiçbir yerde? Elbette annesi, babası bir yerde oturuyorlardır.
— Annesi de yok, babası da yok. Tek başına yaşıyormuş.
Therese de, çekingen bir tavırla:
— Teyzeciğim, müsaade ederseniz burada yatıp kalksın mı? diye sordu.
Nine:
— Onu seve seve yanımıza alırız ama, dedi, bir kere kendisini görüp sormalıyım.
Yaşlı hanım yerinden kalkıp çocukların arkasından mutfağa gitti. Küçük kız da yemeğini bitirmek üzeydi. Nine seslenince, kalkıp, topallaya topallaya yanına geldi.

Nine sorular sordu, aynı sonuca vardı. Çok şaşırmıştı. Böyle kimsesiz, acı çeken zavallı bir yavrucağı eve almamak olmazdı. Ama bakmak da çok zordu. Kime emanet edebilirdi? Kim bakardı ona?

— Beni dinle, küçük, dedi. Hakkında bilgi edininceye, söylediklerinin doğru olduğuna emin oluncaya kadar burada kalabilirsin. Yer, içer, yatar, kalkarsın. Birkaç gün içinde de ne yapacağımı kararlaştırırım.

Çocuk için yatak hazırlamalarını söyledi, onu hiçbir şeyden yoksun etmemelerini de tembih etti. Yalnız, küçük kız öyle pisti ki, kimse yanına yaklaşmak, ona dokunmak istemiyordu. Therese çok üzülüyordu. Teyzesinin hizmetçilerine tiksindikleri bir işi zorla yaptıramazdı ya...

— Bu çocuğu buraya ben getirdim, dedi. Onun bakımı ile ben uğraşmalıyım, ama nasıl yapmalı bu işi?

Bir dakika düşündükten sonra aklına bir şey geldi:

— Bir saniye dur, küçük kız, dedi. Şimdi geliyorum.

Koşa koşa annesinin yanına gitti:

— Anneciğim, dedi, ben yıkanacağım, değil mi?

— Evet, Therese, dadın seni bekliyor, hemen yanına git.

— Anneciğim, benim yerime, yolda bulup getirdiğimiz küçük kızın yıkanmasına izin verir misin?

— Hangi küçük kız? Ben onu görmedim.

— Çok, çok yoksul bir kızcağız. Ne annesi var, ne de babası. Bakacak kimsesi olmadığı için dışarıda yatıyor. Yiyecek veren olursa yiyor. Camille'in ninesi yanında kalmasına razı ama hizmetçilerin hiçbiri zavallıya dokunmak istemiyor.

— Neden?

— Çok pis de ondan. İşte bu yüzden, Anneciğim, müsaade edersen kendi yerime onu yıkatacağım. Dadımın iğrenmemesi için de onu ben soyup sabunlayacağım. Karmakarışık, beyaz pireler dolu saçlarını da keseceğim. Neyse ki başındaki o pireler uçmuyor.

— Peki ama, Therese, kızcağıza dokunmaya tiksinmeyecek misin?

— Evet ama, anne, ben onun yerinde olsaydım, beni yıkadıkları için ne kadar sevinirdim! İşte bu düşünceyle güçleneceğim ben de... Temizlendikten sonra da, eski giyeceklerimden kendisine verebilir miyim? Yenilerini alıncaya kadar...

— Elbette, Therese'ciğim. Peki ama bu kızcağıza giysiyi neyle alacaksın?

İki, üç franktan başka paran var mı ki? O da ancak bir gömlek almaya yeter belki...

— Anneciğim, yirmi frangımı unutuyorsun galiba?

— Harcarım korkusuyla, saklaması için babana verdiğin parayı mı? Onu Camille'inki gibi bir kolye almak için saklamıyor muydun?

— O güzel kolyeden vazgeçebilirim, Anne. Zaten güzel bir kolyem var.

— İstediğini yapabilirsin, yavrum. İyilik yapmak niyetinde olduğun zaman, bilirsin ki sana hiç karışmam.

Annesi Therese'e sarıldı, onunla birlikte, kimsenin dokunmak istemediği zavallı küçük kızı görmeye gitti.

Kendi kendine, "Ya deri hastalığı falan varsa..." diyordu. "Therese'in ona dokunmasına izin veremem."

Küçük kız kapıda bekliyordu. Kadın onu iyice inceledi; ellerine, yüzüne baktı, kirden başka bir şeyi olmadığını gördü. Deri hastalığına benzer bir ize rastlamadı. Yalnız, saçlarında o kadar böcek vardı ki, makas isteyip, kızı çimenlerin üstüne oturtarak, saçlarını kısacık kesti, hem de hiç elini sürmeden, Yere dökülen saçları da kürekle topladı, bir uşağa söyleyip gübre yığınının üzerine attırdı. Sonra, bir tekne sıcak su istedi. Therese'in de yardımıyla, kızın başını sabunlayıp bir güzelce yıkadı.

Kuruladıktan sonra Therese'e:

— Şimdi, yavrucuğum götür de banyoya soksunlar. Eski giyeceklerini de yakıversinler, dedi.

Camille, Madeleine, Elisabeth de, Therese'e yardıma gelmişlerdi. Dördü birden küçük kızı banyo odasına götürdüler. Üstünün başının çok fena kokmasına, pisliğinden iğrenmelerine rağmen, onu soydular. Çabucak suya daldırıp baştan aşağıya sabunladılar.

Kızlara bu işler eğlence gibi gelmişti. Yoksul yavrucak da sevinç içindeydi. Onu iyice sabunlamışlar, uzun süre suda bırakmışlardı. En sonunda, çocuk sıkılmaya başladı. Sudan çıkarmaya karar verdikleri zaman pek sevindi. Kurulamak için sıkı sıkı ovaladıkları için derisi kıpkırmızı olmuştu.

En sonunda, Therese'in iç çamaşırlarıyla bir de entarisini giydirdiler. Hepsi de ne güzel uymuştu! Therese, zarif küçük hanımlar gibi kısa elbiseler giyiyordu. Dilenci kız ise, ayak bileklerine kadar uzanan eteklikle gezmekteydi. Boyu biraz uzun gelmişti, ama o kadar şeye önem vermediler. Herkes memnundu.

Kızın ayaklarına ayakkabı giydirmek gerektiği zaman, ayağının üst kısmında bir yara gördüler. Topallaması bundandı anlaşılan. Camille, ninesine koşup, merhem istedi. Ninesi de ne gerekiyorsa hepsini verdi. Kızların biri çocuğun omuzlarını tuttu. Öteki ayağını yakaladı. Biri sargı bezini hazırladı, biri de yaraya merhemi sürdü.

Merhemi sürmek, bağı bağlamak on beş dakikadan çok sürmüştü. Çünkü sargı bir çok sıkı oluyordu, bir çok gevşek. Bazen sargı çok aşağıda kalıyordu, merhem de yukarıda... Birbirleriyle kavga edip, zavallı kızın nerdeyse ayağını koparacak hale geliyorlardı. Kızcağız hiç sesini çıkarmıyor, sızlanmıyor, ne yaparlarsa sabırla katlanıyordu. En sonunda yara bağlandı, ayaklarına da Therese'in ufalmış çoraplarıyla eski terlikleri geçirildikten sonra, küçük kız serbest bırakıldı.

Mutfağa döndüğü vakit kimse tanımamıştı onu. Uşaklardan biri:

— Biraz önceki korkunç şey bu mu? Olamaz! diyordu.
Öteki uşak da:
— Elbette o ya! dedi. Çünkü temizlendi, giyindi, korkunçluğundan iz kalmadı. Sevimli bir yavru oluverdi!
Aşçıbaşı:
— Doğrusu çocuklar da, Therese'in annesi de çok iyi kalpli kimseler. Bana yirmi frank bile verecek olsalardı, elimi sürmezdim.
Aşçı yamağı kız:
— Öyle pis kokuyordu ki..
Arabacı:
— Aman burnunuz o kadar hassas olmasın, güzelim! Bunca yemek artıkları, temizlediğiniz tencereler, elinizden geçen bir sürü kirli bulaşık var. Pisliğe alışık olmalısınız, öyle değil mi ya?
Aşçı yamağı kız, hırslanarak:
— Benim yemek artıklarım, tencerelerim, bazı insanlar gibi gübre kokmaz! dedi.
Uşaklar, hep birden:
— Kızı sinirlendirdin, dikkat et, eline süpürgeyi geçirmesin ha! diye gülüştüler.
Arabacı:
— O eline süpürgesini alırsa, ben de kendi süpürgemi bulmasını bilirim, dedi. Daha olmazsa çatalı da alabilirim elime.
Aşçıbaşı:
— Hadi, hadi! Pek ileri gitmeyin... Bilirsiniz, pek kızdırmaya gelmez.
Arabacı:
— Bana ne? İstediği kadar darılsın... Ben de darılırım.
Aşçıbaşı:
— Ben böyle şeyler istemem! Bayan kavgadan hoşlanmaz. Hepimizin başı derde girer.
Uşak:

— Aşçıbaşının hakkı var. Thomas, sen susar mısın! Her zaman başımıza bir dert açarsın. Zaten senin yerin de burası değil...
Arabacı:
— Ahırda işim olmadığı zamanlar her yerde bulunabilirim.
Aşçıbaşı:
— İşin olmaz olur mu! Baksana, daha Marsıvan'ın eyeri bile çıkarılmamış. Hayvancağız da, insan gibi, bir aşağı, bir yukarı gezinerek, yemeğini bekliyor.
Arabacı:
— Marsıvan sanki kapıların arkasından durup, içerisini dinliyormuş gibi geliyor bana. Göründüğünden daha da akıllı. Çok bilmiş bir şey!..
Arabacı beni yanına çağırdı, yularımdan tutarak ahıra götürdü. Eyerimi çıkartıp, yemimi de verdikten sonra, beni yalnız bıraktı, yani atlarla. Bir de, konuşmaya tenezzül etmediğim bir eşek vardı.
O akşam şatoda neler oldu bilemem ama ertesi gün öğleden sonra eyerimi sırtıma yerleştirdiler. Küçük dilenciyi de arkama bindirdiler. Dört küçükhanım da yaya olarak arkadan geliyorlardı. Böylece kasabanın yolunu tuttuk.
Dilenciye üst baş almak için kasabaya gittiğimizi anlamıştım. Therese masrafı kendi üzerine almak istiyordu. Ötekiler de paylarına düşeni vermek niyetindeydiler. Öyle zorlu bir kavgaya tutuşmuşlardı ki dükkanın önünde durmasaydım, geçip gideceklerdi.
Az kalsın küçük dilenciyi sırtımdan yere düşüreceklerdi. Çünkü dördü birden üzerine saldırıp onu aşağıya indirmek istemişlerdi. Biri bacaklarını çekiştiriyor, öteki kolundan tutmuş, üçüncüsü vücudundan yakalamıştı, dördüncüsü de hepsini iterek, tek başına kızcağızı yere indirmeye çalışıyordu.
Zavallıcık, her yandan çekiştirildiği için korkmuş,

haykırmaya başlamıştı. Oradan geçenler de durup bakıyorlardı. Satıcı, dükkanın kapısını açtı.
— Günaydın, küçükhanımlar. Durun size yardım edeyim.

Genç hanımlarım, satıcı kadının küçük dilenciyi sırtımdan indirmesini sevinçle karşıladılar. Hiç değilse böylece birbirlerine boyun eğmeyeceklerdi ya...

Kadın sordu:
— Ne istiyorsunuz?
Madeleine:
— Bu küçüğü giydirmek için ne gerekiyorsa satın almaya geldik. Bayan Juivet, dedi.
— Tamam! Ne istiyorsunuz? Elbise mi? Eteklik mi, yoksa çamaşır mı?
Camille:
— Bir sürü şeye ihtiyacımız var, Bayan Juivet, dedi. Üç gömlek, bir eteklik, bir entari, bir önlük, bir şal, bir de şapka yapacak şeyler alacağım.
Therese, yavaşça:
— Bana bak, Camille, madem parasını ben vereceğim, bırak da ben konuşayım! dedi.
Camille yavaş sesle:
— Hayır, paranın hepsini sen vermeyeceksin ki. Hep birlikte ödeyeceğiz, dedi.
Therese de, alçak sesle:
— Tek başıma parayı ben ödemek isterim. Çünkü benim kızım o! diye atıldı.
Camille de başkalarının duyamayacağı kadar alçak sesle:
— Hayır, o hepimizin! diye karşılık verdi.
Satıcı kadın malını satmak için sabırsızlanıyordu.
— Küçükhanımlar hangi kumaşı seçtiler? diye soruyordu.
Camille ile Therese kavga ederken, Madeleine'le Elisabeth de neler gerekiyorsa almak için acele etmişlerdi.

— Allahaısmarladık, Bayan Juivet, dediler. Hepsini bize gönderin. Hem de elinizden geldiği kadar acele edin, çok rica ederiz. Faturasını da yollamayı unutmayın.

Camille ile Therese:

— Nasıl olur! Ne gerekiyorsa hepsini aldınız mı? diye bağırıyorlardı.

Madeleine, kurnazca bir eda ile:

— Evet, dedi. Siz orada konuşurken, biz de burada hepsini seçtik.

Camille:

— Bizim fikrimizi de sormanız gerekirdi, dedi.

Therese de:

— Madem parasını ben vereceğim, elbette sormanız gerekirdi, diye çıkıştı.

Ötekiler de:

— Biz de vereceğiz, biz de vereceğiz! diye bağrıştılar.

Therese:

— Hepsi ne kadar tuttu? diye satıcı kadına sordu.

Satıcı kadın:

— Otuz iki frank tuttu, küçükhanım, dedi.

Therese ürkerek:

— Otuz iki frank mı? Benim yanımda ancak yirmi frank var!.. diye bağırdı.

Camille:

— İyi ya, üstünü de biz veririz, merak etme, dedi.

Elisabeth:

— Peki. Biz de küçük kızın giyinmesine yardım etmiş oluruz, fena mı? dedi.

Madeleine gülerek:

— En sonunda, Bayan Juivet'nin sayesinde anlaştık. Pek de zahmetsiz olmadı doğrusu ya! diyordu.

Kapı açık kaldığı için, ben de konuşulanların hepsini duymuştum. Bayan Juivet'ye sinirleniyordum. Sattıklarının karşılığını benim iyi kalpli hanımlarımdan en az bir kat fazlasıyla alıyordu. Neyse ki kızların annelerinin bu alışverişe razı olmayacaklarını umuyordum.

Eve döndük. Dönüşte herkes anlaşmış görünüyordu. Madeleine'in pek safça söylediği gibi, Bayan Juivet'nin sayesinde olmuştu bu iş.

Hava çok güzeldi. Eve geldiğimiz zaman, diğerlerinin çimenlerin üstünde oturduklarını gördük. Biz kasabadayken, Pierre, Henri, Louis, Jacques göllerden birinde balık avlamışlardı. Üç tane iri iri, bir sürü de küçük balık getirmişlerdi. Louis ile Jacques yularımla eyerimi çıkarırlarken, dört küçük hanım da neler yaptıklarını annelerine anlatıyorlardı.

Therese'in annesi:

— Kaç para harcadınız? Yirmi frangından ne kadar kaldı, Therese? diye soruyordu.

Therese biraz sıkılmıştı. Hafifçe kızardı. Sonra:

— Hiç param kalmadı, Anne! dedi.

Camille'in annesi de:

— Altı-yedi yaşındaki bir çocuğu giydirmek için bu kadar para çok, dedi. Neler aldınız böyle?

Therese, Madeleine'le Elisabeth'in aceleyle neler aldıklarını bilemediği için hiçbir karşılık veremedi.

Bu sırada, satıcı kadın, paketlerle gelerek, konuşmayı yarıda bıraktırdı. Madeleine ile Elisabeth'in de derin bir soluk almalarını sağladı. Çünkü onlar pek pahalı şeyler almış olmaktan çekiniyorlardı.

Nine:

— Günaydın, Bayan Juivet, dedi. Paketlerinizi çimenlerin üzerinde açın. Biz de bu küçükhanımların neler aldıklarını görelim.

Bayan Juivet selam verdi. Paketlerin sicimlerini çözdü, faturayı da çıkardı, Madeleine'e uzattı, mallarını da ortaya serdi.

Madeleine faturayı eline alınca kıpkırmızı olmuştu. Ninesi çekip aldı, şaşırarak bağırdı:

— Küçük bir dilenci kızı giydirmek için otuz iki frank mı harcadınız?
Sert bir tavırla da Bayan Juivet'ye dönüp:
— Torunlarımın saflığından yararlanmışsınız! dedi. Getirdiğiniz kumaşlar fakir bir çocuk için hem çok iyi cins, hem de çok pahalı. Hepsini geri götürün. Bundan sonra da hiçbirimiz sizden bir şey almayacağız artık!
Bayan Juivet, kızdığını belli etmemeye çalışarak:
— Hanımefendi, dedi, küçükhanımlar beğendikleri kumaşları aldılar. Ben onları zorlamadım.
— Siz bu çocuklara uygun kumaşlarınızı göstermeliydiniz, kimsenin almak istemediği eski mallarınızı değil!
— Hanımefendi, madem küçükhanımlar bu kumaşları aldılar, parasını da ödemek zorundalar!
Nine sertleşerek:
— Hiç para ödemeyecekler dedi. Siz de hepsini geri götüreceksiniz! Hemen gidin. Hizmetçimi gönderip gereken şeyleri Bayan Jourdan'dan aldırırım.
Bayan Juivet, korkunç şekilde hırslanarak, çıkıp gitti. Ben de alaylı alaylı anırarak, kendisine birkaç adım arkadaşlık ettim, etrafında zıplayıp durdum. Bu davranışım çocukları neşelendirdi ama satıcı kadın da bir hayli ürktü. Çünkü suçlu olduğunu biliyor, kendisini cezalandıracağımdan korkuyordu.
Zaten bu memlekette biraz da beni büyücü gibi görürlerdi. Bu yüzden kötü insanlar da benden oldukça korkardı.
Anneler kızlarını azarladılar, yeğenleri onlarla alay etti. Ben de otları yiyerek, yanlarında duruyor, zıplamalarını, koşmalarını, atlamalarını seyrediyordum.
O aralık da babaların ertesi gün için bir av partisi hazırladığını, Pierre ile Henri'ye de ufak birer tüfek verileceğini haber aldım. Yazlık komşularından, genç bir çocuk da gelecekmiş.

## XV
## AVCI ÇOCUKLAR

Dediğim gibi, ertesi gün av başlıyordu. Pierre ile Henri herkesten önce hazırlandılar. İlk ava gidişleriydi. Tüfeklerini omuzlarına geçirmişler, av çantalarını sırtlarına asmışlardı. Gözlerinin içi mutluluktan pırıldıyordu. Öylesine bir azametli, kavgacı havaya bürünmüşlerdi ki sanki memleketin bütün av hayvanları bunların attıkları tüfeklerle vurulacaktı. Uzaktan hepsini izliyor, av hazırlıklarını görüyordum.

Henri, kesin kararını vermiş bir insan gibi:

— Pierre, dedi, çantalarımız dolunca, vuracağımız öteki kuşları nereye koyacağız?

Pierre:

— Ben de aynı şeyi düşünüyordum, dedi. Babamdan izin alsak da Marsıvan'ı yanımızda götürsek hiç fena olmaz.

Bu fikir hiç de hoşuma gitmedi. Genç avcıların önlerinde, ardlarında neler olduğuna bakmadan ateş ettiklerini biliyordum. Kekliğe nişan alıp kurşunu bana saplayabilirlerdi. Bu yüzden teklifin nasıl karşılanacağını merakla bekledim.

Pierre, babasının geldiğini görünce:

— Babacığım, dedi, Marsıvan'ı götürebilir miyiz?

Babası da gülerek sordu:

— Marsıvan'ı ne yapacaksın avda? Yoksa eşeğin üzerinde mi keklik kovalayacaksın? Niyetin varsa, haber ver de, Marsıvan'a kanat takalım!

— Hayır, Babacığım. Çantalarımız dolunca, vuracağımız hayvanları taşıtacağız.

Baba hem şaşmış, hem de keyiflenmişti:

— Avınızı taşıyacak ha! dedi. Zavallı saf yavrucuklar! Demek bir şeyler vuracağınızı, hem de pek çok şey vuracağınızı sanıyorsunuz, öyle mi?

Henri, canı sıkılmış gibi bir halde:
— Elbette ya! dedi. Cebimde yirmi fişek var. En azından on beş hayvan vurabilirim.
— Söylenecek söz yok! İkinizin ne öldüreceğinizi biliyor musunuz?
— Ne öldüreceğiz baba?
— Sadece zaman öldüreceksiniz, başka hiçbir şeyi değil!
Henri, sinirli sinirli söylendi:
— Madem öyledir, bize ne diye tüfek verdiniz? Niçin bizi ava götürüyorsunuz? Bizim bu derece sersem, beceriksiz olduğumuzu düşünüp, bir şey vuramayacağımıza inanıyorsanız!..
Baba:
— Sizi sersem veletler, diye bağırdı. Avlanmayı öğretmek için götürüyorum sizi! İlk zamanlar kimse bir tek hayvan bile vuramaz.
Auguste'ün gelmesiyle konuşmaları yarıda kaldı. Pierre ile Henri'nin arkadaşları Auguste de her rastladığı hayvanı vurmaya hazırlanmıştı.
Pierre:
— Babam, bizim hiçbir şey vuramayacağımızı sanıyor, Auguste. Onun sandığından daha becerikli olduğumuzu göstereceğiz!
Auguste:
— Merak etme, onlardan daha çok av getiririz biz eve!
Henri:
— Neden, onlardan daha çok olacakmış?
Auguste:
— Çünkü biz genciz, hareketliyiz, çeviğiz, becerikliyiz. Oysa babalarımız artık yaşlanmaya başladılar.
Henri:
— Çok doğru. Babam kırk iki yaşında. Pierre on beş yaşında, ben de on üç. Ne büyük fark, değil mi?

Auguste:

— Ya benim babam? Tam kırk üç yaşında. Ben ise on dördündeyim!

Pierre:

— Dinle beni, Marsıvan'a eyerini taktıracağım. Kimsenin haberi olmadan, sepetleri de taktırırız. Arkamızdan gelir, dönüşte de avımızı taşır.

Auguste:

— Güzel! Hem de büyük sepetleri taksınlar. Karaca vuracak olursak, koymak için büyükçe bir yer ister.

Henri sepet işiyle görevlendirildi. Ben de bıyık altından gülüyordum. Öyle karacaları falan taşımayacağıma, boş sepetlerle döneceğime o kadar emindim.

Babaları:

— Hadi bakalım, yola düşün, dediler. Biz önden yürüyeceğiz, siz çapkınlar da hemen arkamızdan gelirsiniz. Ovaya ulaşınca dağılacağız.

Pierre'in babası şaşırarak sordu:

— Bu da nesi? Marsıvan ne diye arkamızdan geliyor? Üstelik iki de kocaman sepet yüklemişler garibe!

Av bekçisi güldü:

— Küçük beylerin avlarını taşımak için!

— Ya? Demek akıllarına eseni yaptılar? Peki, öyle olsun. Madem kaybedecek vakti var, Marsıvan da bizimle birlikte avı izlesin bakalım.

Sonra da ilgisiz bir tavır takınan Henri ile Pierre'e baktı.

Henri:

— Pierre, tüfeğin dolu mu? diye soruyordu.

Pierre:

— Hayır, daha doldurmadım, dedi. Doldurup boşaltması öyle zor ki! Bir kekliğin geçmesini bekleyeceğim.

Baba:

— İşte ovadayız, dedi. Şimdi hepimiz aynı hizada yürüyeceğiz, önümüze doğru nişan alacağız. Ne sağa, ne sola; yoksa, birbirimizi öldürebiliriz!

Keklikler her yandan uçuşmaya başladılar. Ben, çekinerek, arkada kalmıştım, hayli uzaktaydım. Çok da iyi etmişim. Çünkü geride kalan birkaç köpeğe saçma isabet etti! Köpekler etrafı kolluyorlar, sonra da düşen avı gidip getiriyorlardı.

Bütün hat boyunca tüfekler patlıyordu. Kendilerini beğenmiş üç genci hiç gözden kaybetmemeye bakıyordum. Tüfeklerini sık sık ateşliyorlardı ama yerden bir şeyler topladıklarını hiç mi hiç göremiyordum.

Hiçbiri ne bir tavşan, ne bir keklik vurabildi. Sinirleniyorlar, uzaklara ateş ediyorlar ya da yakına nişan alıyorlardı. Kimi zaman da aynı kekliğe üçü birden ateş ediyordu. Hayvan da daha hızlı uçup kurtulmakta kusur etmiyordu.

Babaları ise gerçekten iyi çalışıyordu. Tüfeklerinden çıkan her kurşun karşılığında av çantalarına da bir şeyler giriyordu.

İki saat süren avdan sonra Pierre'le Henri'nin babaları yanlarına yaklaştı.

— Ne haber, yavrularım? Marsivan'a iyice yük yüklediniz mi? Benim çantam pek dolu. Boşaltacak kadar yer var mı acaba?

Çocuklar bir şey söylemediler. Babalarının alaylarını anlamışlardı. Demek ki beceriksizliklerinden haberi vardı. Ben de koşarak babalarının yanına geldim, boş sepetlerden birini ona uzattım.

Baba:

— Bu nasıl şey? İçleri boş mu? Öyle ama, bütün vurduklarınızı çantalara koyacak olursanız, hepsi patlar, karışmam!

Av çantaları yamyassı, bomboştu. Baba, genç avcıların şaşkın hallerine bakıp gülmekten kendini alamadı.

Vurduğu avı sepetime boşalttı, havlayan av köpeğine doğru yürüdü.

Auguste:

— Baban, sürü ile keklik vurabilir elbette. Yanında iki tane köpeği var. Bize bir tane bile bırakmadılar.

Henri:

— Çok doğru! Belki biz de bir hayli keklik vurmuşuzdur, ama köpeğimiz olmadığı için, gidip getiren olmadı.

Pierre:

— Ben hiç kuş düşürdüğümüzü göremedim.

Auguste:

— Göremezsin çünkü keklik vurulur vurulmaz hemen yere düşmez. Birkaç zaman daha havada uçar, sonra da uzaklara düşer.

Pierre:

— Babamla amcalarım vurduğu zaman, keklikleri hemen yere düşüyor ya?

Auguste:

— Uzakta olduğun için öyle sanıyorsun. Onların bulunduğu yerde olsan, kekliğin biraz daha uçtuğunu görürsün.

Pierre buna karşılık vermedi ama Auguste'ün söylediklerine inandığını da sanmıyorum.

Hepsi de gelişlerindekinden daha az havalı, daha az rahat yürümekteydiler. Artık durmadan saatin kaç olduğunu soruyorlardı...

Henri:

— Karnım aç, dedi.

Auguste:

— Susadım, dedi.

Pierre de:

— Yoruldum! diye sızlandı.

Ne var ki nişan alan, vuran, eğlenen avcıların peşinden gitmek zorundaydılar. Onlar da genç yol arkadaşla-

rını unutmuyorlardı. Yorulmasınlar diye, bir yerde durup, öyle yemeği yemeye karar verdiler.
Gençler bu teklifi sevinçle karşıladılar. Köpekleri de yanlarına çağırıp, boyunlarına tasmalarını geçirdiler. Yüz adım ötedeki bir çiftliğe doğru ilerlemeye başladılar. Nine oraya avcılar için yiyecek göndermişti.
Bir çınar ağacının dibine, yere oturup, sepetleri açtılar. Her ava çıkışta olduğu gibi tavuklu börek, yumurta, peynir, marmelat, reçel, kocaman bir pasta, büyük bir çörek. Genç, yaşlı bütün avcıların da dehşetli iştahları vardı. O kadar ki, oradan geçenleri korkutacak kadar yemek yediler. Ancak nine dünyanın en obur insanlarını doyuracak yiyecekten de fazlasını gönderdiği için, yemeklerin yarısı da bekçilerle çiftlik işçilerine kaldı. Köpekler, çorba ile karınlarını doyurup su birikintileriyle de susuzluklarını giderdiler.
Auguste'ün babası:
— Talihiniz yardım etmedi mi, çocuklar? diye sordu. Marsıvan'ın sırtında pek fazla bir yük yoktu sanırım.
Auguste:
— Bunda şaşılacak bir şey yok, Baba, dedi. Bizim köpeğimiz yoktu. Köpeklerin hepsini siz almıştınız.
— İki-üç köpek burnunuzun dibinden geçen bütün keklikleri vurmanıza yardım mı edecekti sanıyorsun?
— Vurmamıza yardım etmezlerdi ama, Baba, vurduklarımızı gidip getirirlerdi. İşte böylece...
Babası, şaşırarak, oğlunun lafını kesti:
— Vurduklarınız mı? Keklik mi vurduğunuzu sanıyorsunuz?
— Elbette ya, Baba!.. Yalnız, yere düştüklerini göremediğimiz için toplayamıyorduk.
— Yere düşmüş olsalardı göremez miydiniz?
— Hayır, göremezdik, çünkü gözlerimiz köpekler kadar keskin değil.
Auguste'ün babası, amcaları, bekçiler bile kahkaha-

larla güldüler. Çocuklar da hırslarından kıpkırmızı kesildiler.

En sonunda, Pierre ile Henri'nin babaları konuştu:

— Madem vurduğunuz av hayvanlarını köpeksizlik yüzünden kaybettiniz, yeniden avlanmaya başladığımız zaman her birinizin bir köpeği olacak.

Pierre:

— Öyle ama, Baba, köpekler bizim peşimizden gelmeye razı olmazlar, bizi tanımıyorlar ki... dedi.

Babası:

— Peşinizden gelmeye zorlamak için yanınıza iki bekçi vereceğiz, dedi. Biz de yarım saat sonra yola çıkarız. Böylece arkamızdan gelmeye kalkmazlar.

Pierre buna pek sevinmişti.

— Çok teşekkür ederiz, Babacığım! İşte şimdi oldu! Köpekler olunca, sizin kadar hayvan vuracağımıza eminim.

Yemek bitmek üzereydi. Artık dinlenmişlerdi. Genç avcılar da, köpeklerle, bekçilerle birlikte ava yeniden başlamak için sabırsızlanıyorlar, sevinç içinde, "Gerçek avcılardan hiçbir farkımız olmayacak!" diyorlardı.

Yeniden yola çıktılar. Ben de, yemekten önce olduğu gibi, yine arkalarından gidiyordum ama, oldukça uzaktan... Babaları, bekçilere çocukların yanından gitmelerini tembih etmişlerdi. Böylelikle dikkatli olmalarını da sağlayacaklardı.

Sabahki gibi keklikler her yandan uçuşuyorlardı. Genç avcılar da yine sabahki gibi durmadan ateş ediyorlar, hiçbir şey vuramıyorlardı. Tıpkı sabahki gibi... Oysa köpekler görevlerini yapmakta kusur etmiyorlardı. Dikkatle, araştırıyorlar, bekliyorlardı ama hiçbir şey getiremiyorlardı. Getirecek bir şey yoktu ki!

En sonunda, durmadan nişan alıp da hiçbir şey vuramadığı için Auguste'ün sabrı tükendi. Köpeklerden birinin etrafı kokladığını görünce, keklik ortaya çıkmadan

nişan alacak olursa hayvanı daha kolaylıkla vuracağını düşündü. Nişan aldı, tetiği çekti... Köpek, çırpınarak acı bir haykırışla yere yuvarlandı.
Bekçi, hayvana doğru koştu.
— Çok yazık oldu, en iyi köpeğimizdi, diyordu.
Yanına yaklaştığı zaman, hayvan ölmek üzereydi. Başından vurulmuştu. Kımıldamadan yatıyordu.
Bekçi:
— Bay Auguste, iyi bir iş becerdiniz, değil mi? dedi. Bence av sona erer artık.
Auguste kımıldamadan duruyordu; öylece kalakalmıştı. Pierre'le Henri de köpeğin ölümüne çok üzülmüşlerdi. Bekçi öfkesini yenmeye çalışıyor, sesini çıkarmadan Auguste'e bakıyordu.
Auguste'ün beceriksizliğinin kurbanını görmek istedim. En iyi, en yakın dostum Çomar'dı bu. Nasıl derin bir acının içimi kapladığını size anlatamam. Üstelik bekçi, Çomar'ı kaldırıp sırtımdaki boş sepetlerden birine yüklemez mi! Nasıl üzüldüğümü bilemezsiniz. İşte eve götürmek zorunda kaldığım av buydu: Dostum Çomar! Kendini beğenmiş, kötü bir oğlanın öldürdüğü zavallı dostum Çomar!
Çiftliğe doğru gitmeye başladık. Çocukların ağzını bıçak açmıyordu. Bekçi de ara sıra en kaba küfürleri savuruyordu. Ben de aptal çocuğun şiddetle azarlanacağını düşünerek ancak avunuyordum.
Çiftliğe ulaştığımız zaman, avcılar çocukları bekliyorlardı.
— Ne çabuk geldiniz! diye seslendiler.
Pierre'in babası:
— Büyükçe bir şey vurmuşlar sanırım, dedi. Baksanıza, Marsıvan yükü pek ağırmış gibi yürüyor. Hem de sepetlerden biri bir yana eğilmiş.
Yerlerinden kalkıp bize doğru geldiler. Çocuklar geride kalmışlardı. Mahcup halleri babalarının dikkatini çekmişti.

Auguste'ün babası gülüyordu:
— Pek de bir şeyler başarmış bir halleri yok... dedi.
Pierre'in babası da gülüyordu:
— Belki de tavşan sanarak bir dana ya da bir koyun vurmuşlardır.
Bekçi yaklaştı.
Pierre'in babası:
— Ne var, Michaud? diye sordu. Sen de avcılar kadar süklüm püklüm bir haldesin.
Bekçi:
— Haksız da değilim, Bayım, dedi. Çok acıklı bir av getirmekteyiz.
Adam yine güldü:
— Peki neymiş bu av? Bir koyun mu, bir dana mı, yoksa bir eşek yavrusu mu?
— Gülecek bir şey yok... Bay Auguste, Çomar'ı keklik sanarak öldürdü!
— Çomar'ı mı öldürdü? Vay beceriksiz vay! Buraya avlanmak için bir daha gelirse görür o gününü!..
Auguste'ün babası seslendi:
— Buraya gel bakayım, Auguste! İşte ukalalığın, kendini beğenmenin sonu... Hemen arkadaşlarınla vedalaş. Saniye kaybetmeksizin eve döneceksin! Tüfeğini de benim odaya bırakacaksın. Aklın başına gelinceye, gösterişten vazgeçinceye kadar da elini silaha sürmeyeceksin!
Auguste, rahat bir tavırla:
— Neden bu kadar öfkelendiğini anlayamadım, Babacığım, dedi. Avda çoğunlukla köpekleri öldürürler.
Babası şaşkınlıkla bağırdı:
— Köpekleri mi öldürürler? Köpekleri öldürürler ha? Siz bu av bilgilerini nereden aldınız acaba?
Auguste, aynı rahatlıkla:
— Babacığım, avcıların sık sık köpeklerini öldürdüklerini herkes bilir... dedi.
Auguste'ün babası yanındaki baylara dönerek:

— Bu derece bilgisiz bir oğlanı karşınıza çıkardığım için sizden özür dilerim, dedi. Bu derece küstah, sersem olduğunu ben de tahmin edememiştim!

Sonra oğluna döndü:

— Emirlerimi işittin, değil mi? Hadi bakalım, eve!

Auguste:

— Peki ama, Baba... diye kekeledi.

Babası sert bir sesle bağırdı:

— Sus diyorum sana! Bir kelime daha söylersen dayağı yersin!

Auguste başını eğdi, mahcup bir tavırla çıkıp gitti.

Pierre'le Henri'nin babası da:

— İşte, görüyor musunuz, çocuklarım, dedi, kendini beğenmişliğin, yani değeri olmadığı halde, olduğuna inanmanın insanı nelere sürüklediğini? Auguste'ün başına gelenler, sizin de başınıza gelebilirdi. Üçünüz de nişan almak kadar kolay bir şey yoktur sandınız. İşte sonuç! Sabahtan beri üçünüz de gülünç duruma düştünüz... Öğütlerimizi, tecrübelerimizi hiçe saydınız. Üçünüz de zavallı Çomarımın ölümüne yol açtınız! Avlanmak için daha çok gençsiniz!.. Ben de bunu iyice anlamış oldum. Gelecek yıla kadar beklememiz gerekiyor. Bakalım, büyüyüp de avcılığı becerebilecek misiniz? O zamana kadar, bahçede, yaşınıza uygun eğlencelere dönün. Bu herkes için bir ders olacak!

Pierre'le Henri, hiç karşılık vermeden, başlarını önlerine eğdiler, üzüntü içinde eve döndüler. Çocuklar zavallı dostumu kendi elleriyle bahçeye gömmek istiyorlardı. Onu neden o kadar çok sevdiğimi anlatayım size.

## XVI
## ÇOMAR

Çomar'ı çoktan beri tanıyordum. Gençtim ama o benden de gençti. Beni bir eşek tüccarından satın alan kötü kalpli çiftçilerin yanında yaşıyordum, yani pazarda kaçtığım adamların çiftliğinde. Çok zayıftım çünkü hep açlık çekiyordum.

Bana bekçi olarak verilen Çomar iyi bir av köpeği olarak göze girmişti... Benim kadar talihsiz sayılmazdı. Çocukları eğlendiriyor, onlar da kendisine ekmek parçaları, muhallebi artıkları veriyorlardı. Söylediğine göre, evin hanımıyla ya da hizmetçilerle süthaneye girmeyi başarıverirse, birkaç yudum süt bulabilirmiş. Yağ yapılırken yayıktan sıçrayan yağ parçalarını bile yakalarmış.

Çomar, çok iyi kalpliydi. Sıskalığıma acıdı. Bir gün bana bir parça ekmek getirerek uzattı.

Kendi dilinde:

— Ye şunu, dostum, dedi. Bana verdikleri ekmek yetip de artıyor bile. Senin ise dikenden, kötü otlardan başka yiyecek bir şeyin yok; onlar da, yeter derecede değil.

— İyi kalpli Çomar, dedim. Benim uğruma kendini bu yiyeceklerden yoksun ediyorsun. Senin sandığın kadar açlık çektiğim yok. Az yemeye, az uyumaya, çok çalışmaya, dayak yemeye artık alıştım.

Çomar:

— Hayır, dostum, dedi, ben aç değilim. Emin ol, aç değilim. Bana karşı dostluğunu küçük hediyemi kabul ederek göstermelisin. Çok önemsiz bir şey ama sana seve seve veriyorum. Kabul etmezsen üzülürüm.

— Peki, iyi kalpli Çomarım, dedim. Kabul ediyorum, çünkü seni çok severim. Şunu da açıkça söyleyeyim ki bu ekmek parçası beni çok sevindirdi çünkü gerçekten açım!

Böylece, Çomar'ın verdiği ekmeği yedim. O da benim acele ile lokmaları çiğneyip yutuşumu sevinçle seyretmekteydi.

Alışmadığım bu yiyecek beni güçlendirmişti. Çomar'a ne kadar minnettar kaldığımı kendisine de açıkladım. O günden sonra, kendisine verilen yiyeceklerin bir bölümünü bana getirmeye başladı.

Geceyi geçirmek için seçtiğim ağacın, çalılıkların altında o da akşamları gelip benimle birlikte yatıyordu. Kimse bizi duymadan usul usul konuşurduk. Zaten çoğunlukla konuşmadan anlaşıyorduk. Biz hayvanlar insanlar gibi kelimelerle konuşmayız. Göz kırpmalarla, baş hareketleriyle, kulak, kuyruk sallamakla, kendi aramızda insanlar kadar birbirimizle anlaşırız.

Bir akşam Çomar'ın çok üzgün, perişan bir durumda geldiğini gördüm.

— Dostum, dedi, ekmeğimin bir kısmını artık sana getiremeyeceğim diye korkuyorum. Efendilerim bütün gün bağlı kalacak kadar büyüdüğümü düşündükleri için beni ancak geceleri serbest bırakmaya karar verdiler. Ayrıca, hanımım da, bana fazla ekmek veriyorlar diye çocukları azarladı, bundan sonra bana hiçbir şey vermemelerini tembih etti. Beni kendisi besleyecekmiş. Hem de iyi bir av köpeği olayım diye bana az yiyecek verecekmiş.

— Sevgili Çomarım benim! dedim. Bana bundan sonra ekmek getiremeyeceğin için üzülüyorsan, emin ol ki değmez. Çünkü artık ihtiyacım kalmadı. Bu sabah samanlığın duvarında bir delik buldum. Oradan biraz saman çekebildim. Her gün gidip istediğim kadar saman yiyebileceğimi düşünüyorum.

Çomar:

— Bak buna çok sevindim! dedi. Yalnız, ekmeğimi seninle paylaşmaktan büyük kıvanç duyuyordum. Hem de bütün gün bağlı kalmak, buraya gelip seni görememek de beni çok üzüyor.

Biraz daha konuştuk. Oldukça geç vakit birbirimizden ayrıldık.

— Gündüzleri uyuyacak vaktim çok, diyordu. Senin de bu mevsimde işin olmadığı için, geceleri konuşabiliriz.

Gerçekten de ertesi gün zavallı arkadaşımı görmeden akşam oldu. Akşama doğru sabırsızlıkla gelmesini beklerken, sesini duydum.

Çitin yanına koştum. Çiftçinin hain karısı Çomar'ı boynunun derisinden yakalamıştı. Jules de araba kamçısıyla onu dövüyordu.

Çitin bir gediğinden dışarı fırladım, Jules'ün üstüne saldırdım. Elinden kırbacı düşürecek şekilde, kolunu ısırdım. Çiftçinin karısı Çomar'ı elinden bıraktı. Benim istediğim de buydu. Bu arada zavallı Çomar kaçtı. Ben de Jules'ün kolunu bıraktım, duvarla çevrili yerime çekildim.

Derken, beni biri birdenbire kulaklarımdan yakaladı. Kadın öfkeyle Jules'e bağırıyordu:

— Büyük sopayı ver de şu terbiyesiz hayvanın haddini bildireyim! Bundan daha kötü bir hayvan gelmemiştir bu dünyaya! Ya sopayı bana ver, ya sen vur şuna!

Jules, ağlayarak:

— Kolum uyuştu, kımıldatamıyorum, diyordu.

Çiftlik sahibinin karısı, yere düşen sopayı yakaladığı gibi, kötü oğlunun hıncını almak üzere, bana doğru koştu. Yanıma kadar gelmesini beklemedim elbet! Tam bana yaklaşacağı sırada, bir zıplayışta kendisinden uzaklaştım.

Kadın beni kovalıyor, ben de sopasından uzak kalmaya çabalıyordum. Bu yarış beni çok eğlendiriyordu. Yoruldukça kadının öfkesinin arttığını da görüyordum. Kendime en ufak bir zarar vermeden kadını koşturup yoruyor, terletiyordum. O da, sopasının ucuyla bile bana dokunamadan, soluk soluğa, beni yakalamaya çalışıyordu.

Bu gezinti bittiği zaman dostum Çomar'ın öcü de yeteri kadar alınmıştı.

Gözlerimle onu aradım. Çünkü yerine doğru koştuğunu görmüştüm. Hain hanımının gitmesini bekliyormuş. Daha önce meydana çıkmaya cesaret edememiş.

Kadın, kudurmuş gibi:

— Sefil, alçak! diye haykırıyordu. Semerini taktığımız zaman ben sana gösteririm!

Yalnız kalmıştım. Seslendim. Çomar gizlendiği çukurdan usulca başını çıkardı. Ona doğru koştum.

— Gel, gitti! dedim. Ne yaptın böyle de, kadın oğluna seni dövdürttü?
— Çocukların yere bıraktıkları bir parça ekmeği almıştım da... Gördü, hemen üstüme saldırdı. Jules'ü çağırıp insafsızca bana vurmasını emretti.
— Seni koruyan olmadı mı?
— Ne gezer! Hep birden bağırdılar: "Aman ne iyi! Patakla, Jules... Bir daha yapmaz böyle şey..." Jules de, "Hiç merak etmeyin!" diyordu. "Göreceksiniz, nasıl burnundan getireceğim." Ben bağırmaya başlar başlamaz da el çırptılar, "Bravo! Daha vur, daha, daha!" diye haykırdılar.
— Kötü çocuklar! Peki, ama neden o ekmek parçasını almak zorunda kaldın? Yemeğini vermemişler miydi, Çomar? diye sordum.
— Yemek yemiştim ama, dedi, çorbamın içindeki ekmek öyle un ufak olmuştu ki senin işine yaramayacaktı. Çocukların düşürdükleri o büyük parçayı getirebilseydim, gerçekten bir ziyafet olurdu senin için.
— Vah benim zavallı Çomarım! dedim. Benim yüzümden mi dayak yedin? Teşekkür ederim, dostum, çok teşekkür ederim. Senin bu dostluğunu, iyiliğini hiçbir zaman unutmayacağım. Yalnız, bir daha böyle bir şey yapma sakın. Yalvarırım sana! Getireceğin o ekmek parçası beni sevindirecek mi sanıyorsun? Madem sana acı çektirecek, ben dikenli ot yiyip senin rahat, mutlu olmana bin kere razıyım...
Daha uzun bir zaman konuştuk. Çomar söz verdi. Bana ekmek getirmek için dayak yeme tehlikesine katlanmayacaktı. Ben de çiftlik halkının her birine çeşitli oyunlar oynayacağıma söz verdim, dediğim gibi de yaptım.
Bir gün Jules'le kız kardeşini içi su dolu bir çukura atıp kaçtım. Ne halleri varsa görsünler diye de, tek başlarına bıraktım.
Başka bir gün, küçük kardeşlerinin öylesine peşinden

koştum ki, görenler ısıracağımı sanabilirlerdi. Bağırıyor, korkusundan deli gibi koşuyordu. Ben de sevincimden ne yapacağımı bilemiyordum.

    Başka bir gün de, sancılanmış gibi yaparak, arkamda yumurta küfesiyle, yolun üzerinde yuvarlandım durdum. Yumurtaların hepsi kırıldı. Çiftlik sahibinin karısı çok kızmıştı ama bana vurmaya cesaret edemiyordu. Çünkü beni gerçekten hastalanmış sanıyordu. Öleceğimden, beni satın almak için ödedikleri parayı kaybedeceklerinden korkuyordu. Geri döndük, bana yulafla kepek yedirdi.

    Ömrümde bu kadar güzel bir oyun oynamamışımdır kimseye. Akşama Çomar'a bu olayı anlattığım zaman gülmekten az kalsın bayılacaktık.

    Bir kere de kurutmak için çite astıkları çamaşırları dişlerimle birer birer toplayıp, sulandırılmış gübrenin ortasına attım. Bunu yaparken beni kimse görmemişti. Hanım çamaşırları astığı yerde bulamayınca etrafı aradı. En sonunda gübrenin içinde görünce, öfkesinden çılgına döndü. Hıncını hizmetçiden almak istedi, onu iyice patakladı. O da hırsını çocukları döverek aldı. Çocuklar da kedileri, köpekleri, danaları, koyunları dayaktan geçirdiler.

    Benim için eşi olmayan bir eğlenceydi bu. Çünkü hepsi birden bağırıyor, küfürler savuruyor, öfkelerini gösteriyorlardı. O akşam da Çomar'la bu sayede çok iyi zaman geçirdik.

    O zamandan sonra yaptığım bu kötülükleri düşünerek kendi kendimi çok suçlu bulmuşumdur. Çünkü vicdansız kişilerin kötü davranışlarının intikamını hep kabahatsizlerden alıyordum. Kimi zaman Çomar da beni ayıplıyor, daha iyi, daha hoşgörülü olmamı istiyordu. Ben ise onu dinlemiyor, gittikçe daha da kötü oluyordum. Daha ileride görüleceği gibi, bütün bunların cezasını da çektim ya!

    İşte o dayak günü oradan bir adam geçiyordu, Çomar'ı

çağırıp okşadı. Sonra da çiftçiyle konuşup, onu yüz franga aldı. Çiftçi bu paraya çok sevinmişti. Zavallı dostumun boynuna hemen bir ip geçirdiler, yeni efendisi alıp götürdü. Giderken bana öylesine acı acı bakmıştı ki!
Çitin etrafını koşarak dolaştım. Geçebilecek gedik arıyordum. Bütün delikler kapalıydı. Sevgili arkadaşımla vedalaşma şansım bile olmadı.

O günden sonra, dayanamayacak kadar sıkılmaya başlamıştım. Birkaç gün sonra, o pazardaki olay oldu, ben de ormana kaçtım işte.

Bu serüvenden sonra yıllar geçti, ben de hep arkadaşımı düşündüm, onu bulmak için çırpındım. Nerede arayabilirdim ki? Yeni efendisinin bizden çok uzaklarda oturmadığını duymuştum. Bir arkadaşını görmek için gelmişti buraya.

Küçük Jacques'ın beni ninesine getirmesinden birkaç zaman sonra amcasının, amca çocukları Pierre ile Henri'nin yanında sevgili arkadaşım Çomar'ı görünce ne sevindim siz anlayın artık! Çomar'ın koşup gelerek beni okşadığını, benim de her yere onun peşinden gittiğimi görünce, etrafımızdakiler nasıl şaşırmışlardı! Çomar kendini kırlarda bulduğu için seviniyor sanmışlardı. Beni de gezintilerde yanımda bir arkadaş buldum diye seviniyor sandılar. Bizi anlayabilselerdi, uzun uzadıya konuşmalarımızdan bir anlam çıkarabilselerdi, bizi birbirimize çeken şeyin ne olduğunu kavrarlardı. Ben sakin, mutlu hayatımı, efendilerimin iyi kalpliliğini, kazandığım ünü anlattıkça, Çomar çok seviniyordu. Acı serüvenlerimi dinlediği zaman da benimle birlikte iniltiler salıveriyordu.

Georget Baba'dan beni satın alan çiftçiye oynadığım oyunlara gelince, Çomar hem güldü, hem de beni biraz azarladı. Eşek yarışındaki başarımdan o da kıvanç duymuştu. Zavallı Pauline'in annesiyle babasının nankörlüğü karşısında çok üzülmüştü. Zavallı kızcağızın kötü kaderine de gözyaşları dökmüştü.

## XVII
## YARAMAZ ÇOCUKLAR

Çomar da bana, kendisiyle tanışmamızdan önceki serüvenlerini anlattı. Doğrusu, mutlu yaşadığı evden bir gün uzaklaşmış. Aşçının verdiği et parçasını kapan kedinin arkasından koşmuş... Hikayenin başlangıcı da şöyle: Çomar, aşçının verdiği eti yakaladığı gibi, kulübesinin yanına bırakıyor. Yakında saklanan kedi de üzerine atılıp kaçırıveriyor. Arkadaşım her zaman böyle lezzetli yiyecek bulamıyordu ki...

Hırsız kedinin arkasından çılgın gibi koşuyormuş. Az kalsın onu yakalayacakmış ama hınzır kedi hemen ağaca tırmanmış.

Çomar onu böyle yükseklerde kovalayamazdı elbette. İster istemez kurnaz hayvanın, gözlerinin önünde, o nefis parçayı yemesini seyretmekle yetinmek zorunda kalmış. Çomar böyle bir küstahlığa dayanamazdı. Sinirine dokunduğu için, ağacın dibinden ayrılmamış, havlamış, homurdanmış, bin türlü acı söz söylemiş.

Havlaması okuldan çıkan çocukların dikkatini çekmiş, onlar da kediye kızıp bağırmakta gecikmemişler, yerden taş toplayıp atmışlar. Hem de dolu gibi taşlar yağdırmışlar hayvana... O da, çaresiz kalınca, ağacın en yüksek dallarına tırmanmış, en sık yapraklı kısımların arasına saklanmış. Bu da kötü çocukların oyunlarına engel olamamış. Kedinin acı acı miyavlamasını duyunca, iyi nişan aldıklarını anlayıp, sevinçten bağrışıyorlarmış.

Bu oyun Çomar'ın canını sıkmaya başlamış. Kedinin acı acı miyavlamaları ona öfkesini unutturmuş, çocukların kötülüğü ileri götürmelerine dayanamıyormuş.

Çocukların üzerine doğru havlıyor, gömleklerinden çekiyormuş.

Gel gelelim, çocukların taş atmalarına engel olamıyormuş! Üstelik, şimdi Çomar'ı da taşlamaya koyulmuşlar.

Sonunda, boğuk, korkunç bir ses... Arkadan da dalların çatırtısı! Çocuklar başarı elde ettiklerini, ağır yaralanan kedinin ağaçtan aşağıya düşmekte olduğunu anlamışlar. Bir dakika sonra kedi yerdeymiş ama yaralı değil, ölmüş olarak! Başını bir taş ezmiş.

Vicdansız çocuklar, böyle bir iş becerebildikleri için, sevinç içindeymişler. Zavallı hayvancağıza çektirdikleri acıyı düşünüp üzülen, gözyaşı döken olmamış. Çomar, düşmanına acıyarak bakarken, oğlanlar da, kızarak seyrediyorlarmış onu.

Arkadaşım eve dönmeye karar verdiği sırada çocuklardan biri, "Hadi, dereye sokup iyice bir yıkayalım şunu!" demiş. "Ne güzel eğlence olur bizim için!"

Ötekiler de sevinçle bu teklifi kabul etmişler, "Mükemmel! Frederic, hemen yakala! Baksana, kaçmaya çalışıyor!" diye bağrışmışlar.

Zavallı Çomar'ın peşine takılmışlar. Hem o, hem de haylazlar çılgın gibi bir koşu tutturmuşlar. Yazık ki on iki çocuk kadar varmış, birbirlerinden ayrı koşuyorlarmış. Bu yüzden arkadaşım da dosdoğru koşmak zorunda kalıyormuş. Çünkü peşindekilerden kurtulmak için sağa, sola sapsa, hemen onu çeviriyorlar, ellerinden kurtulmasına engel oluyorlarmış. Çomar çok gençmiş, ancak dört aylık ya varmış ya da yokmuş. Ne çabuk koşabilirmiş, ne de uzun.

Sonunda zavallıyı yakalamışlar. Birisi kuyruğundan tutmuş, birisi ayağından, kimi boynundan, kimi de kulaklarından, sırtından, karnından... Her biri onu kendinden yana çekiyor, haykırdıkça da keyifleniyorlarmış. Boynuna da bir ip takmışlar. Bu iple onu çekiştirdikçe, az daha boğuluyormuş. Tekmeler atarak da zorla yürütmüşler. Böylece dereye kadar gelmişler.

İçlerinden birisi ipi çözüp Çomar'ı suya atacağı sırada, ötekisi bağırıp, "Dur biraz!" demiş. "İpi ver de boynuna iki kabak bağlayalım. Böylece yüzer. Biz de iterek fabrikaya kadar götürürüz onu. Oraya gelince de çarkın altından geçiririz."

Zavallı Çomar boş yere çırpınıyormuş. En küçüğü on yaşından daha büyük olan on iki haylazla nasıl başa çıkabilir ki! Çetenin en azılısı Çomar'ın boynuna içi boş iki kabak bağlayıp, derenin tam orta yerine fırlatmış. Zavallı arkadaşım, cellatlarının tuttukları sopalardan çok akıntının yardımıyla, yarı boğulmuş, yarı boğazı iple sıkılmış bir halde, fabrikanın çarkının altına, suyun en hızlı aktığı yere kadar gelmiş. Çarkın altına geldikten sonra da nasıl olsa paramparça olacakmış.

Yemekten dönen işçiler suyun akmasını engelleyen çark kanadını kaldırmaya hazırlanıyorlarmış. Bu işle uğraşırken biri Çomar'ı görmüş. Çocuklar çark kanadının kaldırılıp suyun arkadaşımı çarkın altına sürüklemesini sevinçle beklerlerken, işçi onlara, "Yaramazlar sizi!" diye bağırmış. "Yine kötü bir oyun oynamak istiyorsunuz değil mi? Arkadaşlar, buraya bakın, zavallı bir köpeği boğmaya çalışan bu haylazların dersini verelim!"

Adam Çomar'a bir tahta uzatarak hayatını kurtarırken, öteki arkadaşları da kötü huylu çocukların cezalarını vermek için peşlerinden koşmaya başlamışlar, onları teker teker yakalamışlar. Kimisini halatlarla, kimisini kırbaçlarla, kimisini de sopalarla iyice dövmüşler. Çocuklar avazları çıktığı kadar haykırdıkça, işçiler de durmadan onları dövüyorlarmış. En sonunda, çocukları evlerine göndermişler.

Onlar da, böğürlerini tutarak, ovarak, ağlaya, uluya, yola düzülmüşler.

Çomar'ı kurtaran adam onu boğmak üzere olan ipi kesmiş, hayvancağızı otların üzerine, güneşe karşı yatırmış. Kısa zaman sonra Çomar kurumuş, evine dönecek hale gelmiş. Adam onu kapıya kadar götürmüş ama, evde çok köpek olduğu için, boynuna taş bağlayıp suya atacaklarını söylemişler. İşçi çok iyi kalpli bir kimseymiş, Çomar'a acımış, onu kendi evine götürmüş.

Karısı köpeği görünce haykırmaya başlamış. Kocasının aileyi on parasız bırakacağını, hiçbir işe yaramayacak olan bu hayvanı ne diye besleyeceklerini, üstelik köpek vergisi de ödemek gerektiğini söyleyip durmuş. Kadın o kadar çok söylenmiş, bağırmış ki, kocası da evinin dirliği, düzenliği uğruna Çomar'dan kurtulmaya karar vermiş. Benim yaşadığım o kötü çiftçinin bir çoban köpeğine ihtiyacı olduğunu duyunca hemen ona vermiş.

İşte Çomar'la nasıl tanıştığımızın, birbirimizi nasıl sevdiğimizin hikayesi.

## XVIII
## BİR ÇOCUĞA AD KONUYOR

Camille'in eski sütninesinin bir kızı olmuştu. Yavruya ad koyma işini Camille'le Pierre'e verdiler. Çocuğa istedikleri adı verecek, ad koyma törenini de kendileri yöneteceklerdi.

Camille çocuğa ille de kendi adını koymak istiyordu.
Pierre:

— Hiç de koyamazsın! dedi. Eğer ben de isim babasıysam, ben de ona bir ad koymaya hak kazanıyorum, demektir. Çocuğun adı Pierrette olacak.

Camile:

— Pierrette mi? Korkunç bir ad bu!.. Hayır, ben bu adı istemiyorum. Kızın adı Camille olacak. Ben de isim annesiyim. Kendi adımı koymaya pekala hakkım var.

— Hayır, asıl hak benim! Ben Pierrette olmasını istiyorum!

— Pierrette adı konursa ben de isim annesi olmam.

— Camille adı konursa ben de isim babası olmam!

— Nasıl istersen öyle yap. Ben de babama söylerim, senin yerine isim babası o olur.

— Ben de annemden rica ederim, küçükhanım, sizin yerinize isim annesi o olsun.

— Yengemin çocuğa Pierrette adı konulmasına razı olmayacağına eminim ben! Ne korkunç, ne gülünç bir isim bu!

— Ben de amcamın çocuğa Camille adı konulmasına tahammül bile edemeyeceğine eminim. Hem çok çirkin, hem de çok budalaca bir ad!

— Öyleyse bana nasıl bu adı vermişler? Git de amcama söyle bakalım ne çirkin, ne budalaca bir ad olduğunu... Nasıl karşılayacağını görelim!

— Ne dersen de, Camille adlı bir çocuğun isim babası olamam ben!

Camille, bıyık altından gülerek, babasına koştu:

— Baba, benimle birlikte küçük Camille'in isim babası olmayı kabul eder misin?

— Hangi Camille, Kızım? Senden başka Camille tanımıyorum ben.

— Dadımın kızı, Babacığım. Bugün ad konacak. Ben onun adını Camille koyacağım.

— Öyle ama, onun isim babası da Pierre olacak, insanın iki isim babası olmaz ki!..

— Babacığım, Pierre isim babası olmak istemiyor.

— Neden olmak istemiyormuş? Bu da nereden çıktı?

— Çünkü Camille adını çirkin, budala buluyormuş. Çocuğun adını Pierrette koymak niyetindeymiş.

— Pierrette mi? Asıl Pierrette adı çok çirkin!

— Ben de öyle söyledim ama bana inanmak istemedi.

— Yavrucuğum, sen amcanın oğluyla anlaşmaya çalış. Pierrette adında ayak direyecek olursa, o zaman ben isim babası olmaya seve seve razı olurum.

Camille, babasıyla konuşurken Pierre de annesinin yanına koşmuştu.

— Anneciğim, dedi. Bugün adı konulacak çocuğun isim annesi olmak ister misin?

— Neden Camille'in yerine ben oluyorum? Dadısı onun olmasını istiyor.

— Camille çocuğa kendi adını vermek istiyor da ondan. Ben de bu adı çok çirkin buluyorum. Madem ben de isim babası olacağım, Pierrette adını uygun buluyorum.

— Pierrette mi? Aman ne çirkin isim bu! Pierre ne hoş bir adsa, Pierrette de öylesine gülünç!

— Anneciğim, ne olur, izin ver de Pierrette olsun. Hele Camille olmasını kesinlikle kabul edemem.

— Peki ama, her ikiniz de laf anlamayacak olursanız, bu durum nasıl düzelecek?

— İşte, anne, ben de bu yüzden sana geldim. Benim çocuğa Pierrette adını koyabilmem için, senin isim annesi olman gerekiyor.

— Bebeğim, sana açıkça söyleyeyim. Pierrette adını ben de çok gülünç buluyorum. Sonra, çocuğun annesi Camille'in dadısıydı, senin değil. Onun için, kızının isim annesinin Camille olmasını çok istiyor. Küçük yavrunun Camille adını taşıması da onu son derece mutlu edecektir.

— Öyleyse ben de isim babası olmam!

O sırada Camille de koşarak onların yanına geldi.

— En sonunda karar verebildin mi, Pierre? diye sordu. Bir saate kadar törene gidiyoruz. Bir de isim babası gerekiyor bu işe.

Pierre:

— Çocuğun adı Pierrette olmasın ama Camille de olmayacak! dedi.

— Madem sen Pierrette'ten vazgeçiyorsun, ben de senin hatırın için Camille'den vazgeçebilirim. Ne yapalım, biliyor musun? Dadıma soralım, bakalım o ne istiyor.

Camille koşarak uzaklaştı, yine koşarak döndü geldi:

— Pierre, dadım çocuğuna Marie Camille adı verilmesini istiyor.

— Pierrette adını isteyip istemediğini sordun mu? Madem ben de isim babasıyım.

— Sormaz olur muyum! Gülmeye başladı. Annem de güldü, imkansız olduğunu söylediler. Pierrette adını çok çirkin buluyorlar.

Pierre hafifçe kızardı. Kendisi de Pierrette adını gülünç bulmaya başladığı için, sesini çıkarmadı, iç çekmekle yetindi.

— Badem şekerleri nerede?

— Törene götürülecek büyük sepetin içinde. Kutularla, paketleri burada bırakacağız. Her şey hazır. Gel bak ne kadar var!

Her şeyin hazır bulunduğu küçük odaya doğru koştular.

Pierre:

— Ya bu paralar ne olacak? Badem şekeri kadar da para var.

Camille:

— Okul çocuklarına dağıtılacak.

— Okul çocuklarına mı? Törenden sonra okula mı gideceğiz?

— Hayır, canım! Tören yerinin kapısında serpilecek. Kasabanın bütün çocukları orada toplandı. Havaya avuç dolusu şekerle para atılır. Çocuklar da kaparlar, yerden toplarlar.

— Sen şekerlerin nasıl serpildiğini hiç gördün mü?

— Hayır, görmedim ama, çok eğlenceliymiş, öyle söylüyorlar.

— Pek hoş bir şey olmasa gerek. Birbirleriyle dövüşüp, canlarını acıtıyorlardır. Hem de şekerleri, köpeklere atar gibi, çocuklara atmak da güzel değil bence.

Madeleine soluk soluğa geldi.

— Çocuklar, hadi, çabuk olun! diyordu. İşte çocuk geliyor. Neredeyse yola çıkacağız!

Çocuğu karşılamak üzere hepsi koşarak gittiler.

Pierre:

— Ad koyacağımız kızımız amma da güzelmiş! dedi.

Camille:

— Elbette güzel olacak! Her yanı işlemeli elbisesi, dantelden şapkası, pembe ipek astarlı mantosu var!

— Bütün bunları sen mi hediye ettin?

— Yok canım! Bu kadar parayı nereden bulacağım ben! Hepsini annem aldı. Yalnız şapkasını ben kendi paramla aldım.

Herkes hazırdı. Hava çok güzeldi ama çocukla sütninenin binmesi için araba koşulmuştu. İsim annesiyle isim babası da bineceklerdi. Camille ile Pierre, büyük insanlar gibi, arabada tek başlarına oturmaktan gurur duyuyorlardı.

Gittiler. Ben de çocukların küçük arabalarına koşulmuş olarak bekliyordum. Louis, Henriette, Jacques, Jeanne bindiler. Madeleine ile Elisabeth, arabayı sürmek için, önde oturuyorlardı. Henri de arkaya tırmandı. Bir kaza olursa, yakınlarında bulunmak üzere anneler, babalar, dadılar da birer birer yola çıktılar. Böyle bir tedbir almaları gereksizdi çünkü ben olunca korkacak bir şey olmadığını çok iyi bilirlerdi.

Yüküm ağırdı ama yine de dörtnala gitmeye başladım. Gezinti arabasını bile geçmiştim. Rüzgar gibi uçuyordum. Çocuklar da sevinç içindeydiler.

— Bravo, Marsıvan! Ha gayret! diye bağırıyorlardı. Biraz daha hızlan. Yaşasın Marsıvan! Eşeklerin kralı!..

El çırpıyorlar, beni alkışlıyorlardı. Yolda, arkamda bıraktığım kimseler de:

— Bravo! diye bağırıyorlardı. Böyle eşek hiç görülmemiştir. Tıpkı at gibi koşuyor. Hadi, talihin açık olsun! Sakın yere yuvarlanayım deme, olur mu?

Yol boyunca sıralanmış olarak giden anneler, babalar hiç de rahat değillerdi. Daha ağır gitmemi istediler ama ben onları dinlemiyordum. Gittikçe hızlanıyordum. Gezinti arabasını geçmekte zorluk çekmedim. Bana şaşkın şaşkın bakan atları arkada bıraktım. Benden daha önce yola çıkan atlar, bir eşeğin kendilerini geçmesine tahammül edemeyerek hızlanmak istediler. Arabacı engel oldu. Bu yüzden adımlarını ister istemez daralttılar. Ben de, tersine, genişlettim.

Gezinti arabası tören yerinin önünde durduğu zaman küçükhanımlarım, efendilerim çoktan yere ayak basmışlardı. Ben de, bir çitin yanına çekilmiş, gölge arıyordum. Terlemiş, soluk soluğa kalmıştım.

Akrabalar geldikçe, benim koşmama hayranlıklarını söylüyorlar, çocukları da kutluyorlardı.

Ben de, arabam da iyi bir etki yapıyorduk hani... Beni iyice fırçalamışlar, tımar etmişlerdi. Koşum takımımı parlatmışlar, kırmızı ponponlarla süslemişlerdi.

Kulaklarıma kırmızı beyaz yıldız çiçekleri takmışlardı. Araba da temizlenmiş, cilalanmıştı. Son derece iyi bir etki bırakıyorduk çevrede, sizin anlayacağınız!..

Açık pencereden, ad koyma törenini işitiyordum. Çocuk bağırıp duruyordu. Birdenbire kendilerini büyümüş sayan Pierre'le Camille, ad koyma türküsünü söylerken şaşırdılar. Pencereye bir baktım ki, zavallı isim babasıyla annesi kiraz gibi kıpkırmızı olmuşlar! Gözleri de yaşlarla dolmuştu. Oysa başlarına gelen pek de olağan bir şeydi. Büyük insanların da başlarına gelebilirdi.

Küçük Marie Camille'e ad koyduktan sonra tören bitti. Kapının önünde bekleyen çocuklara badem şekeriyle para serptiler. Pierre'le Camille görününce hepsi birden, "Yaşasın isim babasıyla isim anası!" diye bağırıştılar.

Badem şekeri sepeti hazırdı. Camille'in önüne getirdiler. Pierre'e de para kesesini verdiler. Camille bir avuç alıp, bekleşen çocuklara attı.

İşte o zaman gerçekten bir savaş başladı. Çocuklar şekerlerle paraların üzerine saldırıyorlardı. Hepsi aynı yere koşuyordu. Birbirlerinin saçlarını yoluyorlar, dövüşüyorlar, yerlerde yuvarlanıp, bir şeker tanesi, bir para için, kavga ediyorlardı. Şekerlerin yarısından çoğu mahvoldu, ayaklar altında ezildi, otlara karıştı.

Pierre gülmüyordu. Camille de ilk avuç şekeri attığı zaman gülmüştü ama artık gülmez olmuştu. Kavgaların tehlikeli bir hal aldığını görüyordu. Çocuklar ağlaşıyordu, birbirlerinin yüzlerini tırmık içinde bırakmışlardı.

Yeniden arabaya bindikleri zaman Camille:

— Çok haklıymışsın, Pierre dedi. Bir daha isim annesi olursam, şekerleri çocukların ellerine vereceğim. Böyle serpmeyeceğim.

Pierre:

— Ben de senin gibi yapacağım, Camille, dedi.

Araba yola koyulduğu için konuşmalarının sonunu işitemedim.

Benimkiler de benim arabaya bindiler. Bu sefer anneler, babalar bizimle birlikte gelmek istedi.

Camille'in annesi:

— Marsıvan istediği etkiyi yarattı, diyordu. Dönüşte daha ağırbaşlı davranır. Böylece biz de sizinle birlikte yol alabiliriz.

Madeleine:

— Anneciğim, dedi, çocuklara böyle şeker serpmekten zevk alıyor musun?

Annesi:

— Hayır, yavrum, diye cevap verdi. Bu davranışı çok çirkin buluyorum. Çocuklar bir kemik parçası için birbirlerini yiyen köpeklerden farksız sanki... Ben isim annesi olursam, badem şekerlerini çocuklara verdireceğim, parayı da fakirlere gönderirim.

Madeleine:

— Çok haklısın, Anneciğim! dedi. Ne olur, beni de bir kere isim annesi yaptırın da, şekerleri, paraları sizin söylediğiniz gibi dağıtayım.

Annesi, güldü:

— İsim annesi olmak için, ad konulacak bir çocuk olmalı. Oysa benim tanıdığım hiç çocuk yok.

Madeleine:

— Çok yazık! Ben Henri ile birlikte isim annesi olmak isterdim. Sen bir erkek çocuğun isim babası olursan, çocuğa ne ad koyardın, Henri?
Henri:
— Henri koyardım elbette! Ya sen?
Madeleine:
— Ben de, Madelon!
Henri:
— Aman, ne korkunç isim! Zaten Madelon diye ad yok ki!
Madeleine:
— O da Pierrette gibi bir ad işte!
Henri:
— Pierrette daha güzel. Zaten gördün ya, Pierre de bu fikrinden vazgeçti.
Madeleine de gülerek:
— Ben de vazgeçebilirim, dedi. Düşünecek vaktimiz çok.
Şatoya geliyorduk. Her biri arabadan inip, üstlerindeki güzel elbiseleri değiştirdi. Benim de ponponlarımı, yıldız çiçeklerimi çıkardılar. Çocuklar kahvaltı ederken, ben de gidip otlamaya koyuldum.

## XIX
### BİLGİN EŞEK

Bir gün şatonun yakınındaki çayırda rahat rahat otluyordum, çocukların koşa koşa geldiklerini gördüm. Louis ile Jacques yanımda oynuyorlar, çevik hareketlerle, sırtıma binip iniyorlardı.

Kendilerini çok çevik sanıyorlardı, ama doğrusunu söylemek gerekirse, hiç de öyle değillerdi. Hele şişman, tombul yanaklı, kısa boylu küçük Jacques büsbütün zor hareket ediyordu. Louis bazen kuyruğuma yapışarak sırtıma tırmanmayı başarırdı. Kendisine göre sözde üstüme zıplıyordu! Jacques da atlamaya çalışıyordu, ama yere yuvarlanıyor, soluk soluğa kalıyordu. Ancak kendisinden biraz daha büyük olan Louis' nin yardımıyla benim sırtıma çıkabiliyordu.

Yorulmamaları için, bir toprak yığıntısına yaklaşmıştım. Louis artık üzerime daha rahat sıçrıyordu, Jacques da pek yorulmadan aynı hareketi yapabiliyordu.

İşte o sırada çocukların neşe içinde bize doğru koştuklarını gördük.

— Jacques, Louis! diye bağrışıyorlardı. Yarın değil öbür gün panayıra gideceğiz. Orada bilgin bir eşek seyredeceğiz. Düşünün bir kere! Ne kadar eğleneceğiz kim bilir!

Jacques:
— Bilgin bir eşek mi? Bu da ne demek oluyor?
Elisabeth:
— Bir sürü marifet yapan bir eşek.
Jacques:
— Ne gibi marifetler?
Madeleine:
— Marifet işte... Marifet...
Jacques:
— Hiçbir zaman Marsıvan kadar marifet yapamaz o...
Henri:
— Evet, Marsıvan eşek olarak çok iyi, çok akıllı ama, panayırdaki bilgin eşeğin marifetlerini hiçbir zaman yapamaz.
Camille:
— Marsıvan'a gösterilse, eminim, o da yapar.
Pierre:
— İlk önce bu bilgin eşeğin yaptıklarını görelim. Sonra Marsıvan'dan daha marifetli olup olmadığını anlarız.
Camille:
— Pierre'in hakkı var. Panayırdan sonra anlaşılacak her şey.

Elisabeth:

— Peki, panayırdan sonra ne yapacağız?

Madeleine, gülerek:

— Kavga edeceğiz! dedi.

Jacques ile Louis, birbirlerinin kulağına bir şeyler söylediklerinden beri, hiç ağızlarını açmıyorlardı. Gelen çocukların gitmelerini beklediler. Kimsenin onları duymayacağından, işitmeyeceğinden emin olduktan sonra, etrafımda gülerek, türkü söyleyerek, oynamaya başladılar:

— Marsıvan, Marsıvan, panayıra sen de geleceksin. Bilgin eşeği göreceksin. Yaptıklarına bakacaksın. Sonra sen de bunları yapacaksın. Herkes sana hayran kalacak. Biz de seninle övüneceğiz! Marsıvan, Marsıvan! Yalvarırım sana, kendini göster...

Jacques, birdenbire durarak:

— Söylediğimiz türkü çok güzel! dedi.

Louis:

— Bunlar şiir. Elbette güzel olacak!

Jacques:

— Şiir mi? Ben şiir yazmak zor sanırdım.

Louis:

— Gördüğün gibi çok kolay! İşte sana birazcık daha şiir!..

Jacques:

— Gel, ötekilere de söyleyelim.

Louis:

— Hayır, hayır! Duyarlarsa, niyetimizi anlarlar. Onları panayırda şaşırtmalıyız.

Jacques:

— Öyle ama babamla amcam Marsıvan'ı panayıra götürmemize razı olacaklar mı?

Louis:

— Bilgin eşeği Marsıvan'a ne amaçla göstermek istediğimizi gizlice söylersek, razı olurlar elbette.

Jacques:

— Hemen gidip söyleyelim.

İkisi de eve doğru koşmaya başladılar. Meğer babaları da, çocukların çayırda ne yaptıklarını görmek için, bize doğru geliyormuş.

Çocuklar:

— Baba, Baba! diye bağırdılar. Senden bir şey isteyeceğiz.

— Söyleyin bakalım, çocuklar, isteğiniz neymiş?

Esrarlı bir havaya bürünüp:

— Burada konuşamayız, dediler, babalarını çayıra doğru sürüklediler.

Louis'nin babası gülerek:

— Söyleyin bakalım ne var? diye sordu. Elbirliğiyle ne gibi bir dolap çevireceğiz? Nerelere sürüklemek istiyorsunuz bizi?

Louis:

— Yavaş konuş, Babacığım, dedi. Öbür gün panayırda bilgin bir eşek gösteri yapacakmış. Biliyorsun, değil mi?

— Hayır, haberim yoktu. Bizim Marsıvanımız olduktan sonra, bilgin eşeği ne yapacağız?

— İşte, Babacığım, biz de Marsıvan'ın üstüne akıllı bir eşek bulunamayacağı kanısındayız. Kız kardeşlerimle bütün akraba çocukları bu eşeği görmeye gidecekler. Biz de Marsıvan'ı götürmek istiyoruz, bilgin eşeğin yaptıklarını görüp, tıpkısını burada yapsın diye.

Jacques'ın babası:

— Bu da ne demek! diye bağırdı. Marsıvan'ı insanların içine sokup bilgin eşeğin yaptıklarını mı seyrettireceksiniz?

Jacques:

— Evet, baba. Araba ile gideceğimize, Marsıvan'ın sırtında gideceğiz. Bilgin eşeğin marifetlerini gösterdiği yerin de çok yakınında duracağız.

Baba:

— Bence bir sakınca yok ama Marsıvan'ın bir derste her şeyi öğrenebileceğine pek aklım ermiyor da...
Jacques bana döndü:
— Marsıvan, sen o budala bilgin eşek kadar marifet gösterebilirsin, değil mi?
Bunu sorarken öyle kaygıyla yüzüme bakıyordu ki, bir yandan merak etmesine gülerken, bir yandan da onu rahatlatmak için, anırmaya başlamıştım.
Jacques, sevinçle haykırdı:
— Babacığım, işte bak! Marsıvan "evet" diyor! Duydun mu?
Çocukların babaları gülmeye başlamışlardı. Aynı zamanda da sevimli yavrularını kucaklıyorlardı. Benim de panayıra gitmeme izin verdiler. Kendilerinin de bizimle geleceklerini söylediler.
Kendi kendime, "Tuhaf şey!" diye söylendim. "Çocuklar babalarından çok daha anlayışlı oluyorlar."
Panayır günü geldi çattı. Yola çıkmadan bir saat önce, iyiden iyiye bakımımla uğraştılar. Sabrım tükeninceye kadar tımar oldum, fırçalandım. Yepyeni bir eyerle bir de yular taktılar. Geç kalmamak için Jacques'la Louis biraz erken gitmek istiyorlardı.
Henri:
— Neden bizden önce gitmek istiyorsunuz? diye sordu. Hem, nasıl gideceksiniz?
Louis:
— Marsıvan'ın sırtında gideceğiz. Hızlı gitmeyeceğimiz için de erken yola çıkmak niyetindeyiz.
Henri:
— Yalnız mı gideceksiniz?
Jacques:
— Hayır, babamla amcam da bizimle gelecekler.
Henri:
— O kadar yolu yaya gitmek pek de hoş olmasa gerek.
Louis:

— Babalarımız yanımızda olacağı için pekala da hoş zaman geçireceğiz.
Henri:
— Ben arabayla gitmeyi daha uygun bulurum. Panayıra sizden çok daha önce ulaşacağız, bak görürsünüz!
Jacques:
— Hiç de değil! Biz sizden çok önce yola çıkacağız.
Konuşmaları bittiği sırada beni de, hazırlanmış halde yanlarına getirdiler. Babaları da hazırdı. Küçükleri sırtıma iyice yerleştirdiler. Zavallı babaları koşturmamak için, ağır ağır yürümeye başladım.
Bir saat sonra panayıra gelmiştik. Bilgin eşeğin marifetlerini göstereceği yer bir iple çevrilmişti. Etrafı daha şimdiden çok kalabalıktı. Çocukların babaları, bizi ipin çok yakınında bir yerde durdurttular. Ben de yanlarındaydım. Öteki çocuklar da bize yetişmişlerdi. Onlar da yakınımızda yer aldılar.
Bir davul sesi bilgin meslektaşımın ortaya çıkacağını haber veriyordu. Bütün gözler parmaklığa dikilmişti. Derken, eşek göründü.
Pek sıskaydı. Acıklı, zavallı bir hali vardı. Sahibi çağırınca, hiç de acele etmeden yaklaştı, ürktüğünü bile söyleyebilirim. Sonradan öğrendiğime göre, zavallı hayvan, bildiklerini öğreninceye kadar az dayak yememiş!
Eşeğin sahibi:
— Baylar, bayanlar! diye söze başladı. Size eşeklerin kralı Nazlı'yı tanıtmakla şeref duyarım. Bu eşek, baylar, bayanlar, soydaşları kadar eşek değildir. Bu bilgin bir eşektir. İçinizden birçoklarından daha da bilgindir. Eşi olmayan, olağanüstü bir hayvandır. Hadi, Nazlım, bildiklerini göster bakalım! İlk önce, terbiyeli bir eşek olarak, bu baylarla bayanları selamla!
Ben azametli bir hayvandım. Bu söylev beni öfkelendirmişti. Gösteri bitmeden önce öcümü almaya karar verdim.

Nazlı, üç adım ilerleyerek, sızlanır gibi, başıyla selam verdi.

— Hadi, Nazlı, git bu çiçek demetini seyirciler arasındaki en güzel bayana ver!

Bütün eller hafifçe uzandı, demeti almaya hazırlandı. Bunu görünce güldüm. Nazlı, dairenin çevresinde döndü, çok şişman, çirkin bir kadının önünde durdu. Sonradan öğrendiğime göre bu kadın, sahibinin eşiymiş. Eşek çiçekleri ona verdi.

Bu derece zevksizlik beni pek sinirlendirdi. İpin üzerinden dairenin içine atladım. Herkes şaşırmıştı. Zarif bir eda ile sağa, sola, öne, arkaya selam verdim. Sonra, kesin bir kararla, şişman kadına doğru yürüdüm, çiçekleri çekip aldım, getirdim Camille'in kucağına bıraktım. Orada bulunanların alkışları arasında, gelip yerimde durdum.

Herkes bu davranışıma bir anlam vermeye çalışıyordu. Kimisi önceden hazırlanmış bir numara sandı. Kimisi de, beni sahiplerimin yanında görünce, tanıyarak, aklıma hayran kaldı.

Nazlı'nın sahibi son derece kızmıştı. Bilgin eşeğe gelince, benim başarıma karşı ilgisiz kalmıştı. Onun gerçekten budala olduğunu anlamaya başlamıştım. Oysa soydaşlarım arasında böylesine hiç de rastlanılmaz.

Ortalık yatışınca, sahibi Nazlı'yı yeniden çağırdı.

— Buraya gel, Nazlım! Güzelliği seçmesini bildiğini gösterdin. Şimdi de budalalığı ayırt ettiğini göster bakalım! Şu şapkayı al, seyircilerin içindeki en budala kişinin başına oturt!

Hayvana çıngıraklarla, renkli şeritlerle süslenmiş bir eşek şapkası verdi. Nazlı, şapkayı dişleriyle kavrayıp, kıpkırmızı, şişko bir oğlana yaklaştı. Seyircilerin en güzel kadını olarak gösterilen şişman kadına pek benzediğine göre, bu şişko oğlan da eşeğin sahibinin oğluydu besbelli. Oğlan, şapkayı giymek üzere, başını çoktan uzatmıştı.

Kendi kendime, "İşte," dedim, "öç almak sırası geldi!"

Engel olmalarına zaman bırakmadan, yine dairenin ortasına sıçradım. Soydaşımın dişleri arasından şapkayı kaptım! Eşeğin sahibi ne olduğunu anlayamadan, ön ayaklarımı omuzlarına dayadım. Amacım şapkayı onun başına yerleştirmekti. Beni hızla itti. Ahalinin kahkahalarla karışık el çırpmaları da onu büsbütün çılgına döndürmüştü.

— Bravo! diye haykırıyorlardı. Asıl bilgin eşek işte bu!

Alkışlardan cesaret alarak, bir kere daha şapkayı adamın başına koymayı denedim. O geriledikçe ben ilerliyordum. Artık dörtnala koşmaya başlamıştık. Ben şapkayı başına geçirmek için uğraşırken, o da durmadan kaçıyordu.

Adama kötülük yapmak da istemiyordum. En sonunda, sırtına binip, ön ayaklarımla omuzlarını yakaladım. Bütün gücümle de dayandığım için, bilgin eşeğin sahibi yere yuvarlandı. Düşmesinden yararlanarak, şapkayı kafasına sıkıca geçirdim. Çenesine kadar gelmişti. Hemen oradan uzaklaştım.

Adam ayağa kalktı ama gözleri kapalıydı. Üstelik, düştüğü için başı da dönmüştü. Zıplamaya, koşmaya başladı.

Ben de, oynadığım oyunu tamamlamak için, gülünç hareketlerle onu taklide koyuldum. Bazen de, duruyor, kulağının dibine kadar giderek, anırıyordum. Sonra yine, arka ayaklarıma basarak, onun gibi kah yana, kah öne zıplıyordum.

Ahalinin gülüşmelerini, "Bravo!" diye haykırmalarını, neşe ile tepinmelerini anlatamam! Dünyada hiçbir eşek bu derece başarı elde edememiş, zafer kazanamamıştır.

Bulunduğumuz yer binlerce kişinin saldırısına uğradı. Beni okşamak, bana dokunmak, beni yakından görmek istiyorlardı. Beni tanıyanlar, kıvanç duyarak, bilmeyenlere anlatıyorlardı.

Yalan yanlış bir sürü hikaye anlattılar. Hepsinde de

oynadığım rol ne kadar güzeldi. Bir kere tek başıma tulumbayı çalıştırıp yangını söndürmüşüm. Üçüncü kata çıkmış, hanımımın oda kapısını açarak, uykudayken yatağından alıp kurtarmışım, alevler kapıları, pencereleri sardığı için, üçüncü kattan sırtıma yerleştirip aşağıya atlamışım. Ne hanımım, ne ben yaralanmamışız, çünkü hanımımın koruyucu meleği ikimizi de havada tutmuş, ağır ağır inmemizi sağlamış!

Başka bir sefer de tek başıma elli eşkıyayı dişlerimle paralayarak öldürmüşüm. Her birini teker teker öldürdüğüm için, uyanıp da arkadaşlarına haber verecek zamanları bile olmamış. Sonra gidip yeraltındaki yüz elli tutsağı kurtarmışım. Bunları hırsızlar, birbirlerine zincirle bağlayıp, iyice semirttikten sonra yiyeceklermiş. Yine başka bir gün memleketin at yarışlarında en mükemmel hayvanları yenmişim. Beş saatte yirmi beş fersah gitmişim, hiç durmadan!

Bu söylentiler ağızdan ağıza yayıldıkça, halkın hayranlığı da artmaktaydı. Etrafımı sarıyorlar beni boğulacak hale getiriyorlardı. En sonunda, jandarmalar ahaliyi geri çekilmeye zorladı.

Neyse ki, Louis ile Jacques'ın babası da, öbür efendilerim de, etrafımın kalabalıklaştığını görür görmez, çocukları uzaklaştırmışlardı. Jandarmaların yardımıyla bile, kendimi zor kurtarabildim. Beni omuzlarda taşımak istiyorlardı. Ancak birkaç kişiyi dişlemekle, korkutmak için birkaç da tekme sallamakla yol açabildim.

Ahaliden kurtulduktan sonra Louis ile Jacques'ı aramaya koyuldum. Hiçbir yerde yoklardı. Sevgili efendilerimin yaya olarak eve dönmelerine de gönlüm razı olmuyordu.

Zaman kaybetmeden, atların, koşum takımlarımızın bulunduğu ahıra koştum. Hemen içeri girdim ama orada da kimse yoktu. Gitmişlerdi. Hızlı hızlı, şatoya giden yol-

da koşmaya başladım. Çocuklarla büyüklerin üst üste bindikleri arabalara rastlamakta gecikmedim, iki gezinti arabasında hiç değilse on beş kişi vardı.
Beni görünce çocuklar hep bir ağızdan:
— İşte Marsıvan! diye bağırdılar.
Arabaları durdurdular. Jacques'la Louis, aşağıya inip, beni kucaklamak, kutlamak, yanımda yaya olarak gelmek için izin istediler. Onların arkasından Jeanne'la Henriette, Pierre'le Henri, sonra da Elisabeth, Madeleine, Camille de arabadan indiler.
Louis ile Jacques:
— Nasılmış? Biz Marsıvan'ın ne kadar akıllı olduğunu sizlerden çok daha iyi bilmiyor muymuşuz? Gördünüz ya, zeki olduğunu nasıl kanıtladı! Nazlı ile sersem sahibinin oyunlarını, nasıl da anladı! diyorlardı.
Pierre:
— Çok doğru, dedi. Yalnız, merak ettiğim bir şey var. Şapkayı niçin öbür eşeğin sahibinin başına geçirdi? Adamın budala, eşek şapkasının da budalalığın belirtisi olduğunu anladı mı acaba?
Camille:
— Elbette anlamıştır! Bunu anlayacak kadar akıllıdır bizim Marsıvan!
Elisabeth:
— Seni oradaki kadınların en güzeli sayıp çiçekleri sana verdi de ondan öyle söylüyorsun!
Camille:
— Hiç de değil! Zaten o olayı ben unuttum bile. Şimdi sen söyleyince hatırladım. O anda şaşırmıştım. Çiçekleri götürüp anneme vermesini çok isterdim. Çünkü aramızda en güzel kadın annemdi.
Pierre:
— Anneni sen temsil ediyordun. Gerçekten de halamdan sonra eşek senden daha güzelini seçemezdi.
Madeleine:

— Ya ben? Ben çirkin miyim?
Pierre:
— Elbette çirkin değilsin ama zevk meselesi bu! Marsıvan'ın zevki Camille'i seçtirdi.
Elisabeth:
— Güzelden, çirkinden söz edeceğimize, Marsıvan'a o adamın söylediklerini nasıl anlayabildiğini sorsak daha iyi olmaz mı?
Henriette:
— Ne yazık ki konuşamıyor. Yoksa bize kim bilir ne hikayeler anlatırdı!
Elisabeth:
— Bizim söylediklerimizi anlamadığı nereden belli? Ben bir bebeğin hatıralarını okudum. Bir bebek görüp anlayabilir mi? İşte o bebek her şeyi gördüğünü, anladığını yazmıştı.
Henri:
— Sen buna inanıyor musun?
Elisabeth:
— Elbette inanıyorum.
Henri:
— Bir bebek yazı yazabilir mi hiç!
Elisabeth:
— Geceleri bir sinekkuşunun tüyleriyle yazıyormuş. Sonra da yatağının altına gizliyormuş.
Madeleine:
— Elisabeth, böyle saçmalıklara inanma. O bebeğin hatıralarını bir kadın yazmış. Kitabın daha eğlenceli olması için de, sanki yazan o bebekmiş gibi göstermiş.
Elisabeth:
— Gerçekten bir bebeğin yazmadığına emin misin?
Camille:
— Öyle şey olur mu? Cansız bir bebek, tahtadan yapılmış, içi ses dolu bir maddeden yapılmış bir bebek nasıl düşünür, görür, yazabilir?

Onlar böyle konuşurlarken, şatoya yaklaşmıştık. Çocuklar evde bekleyen ninelerine koştular. Bütün yaptıklarımı, seyircileri nasıl şaşırtıp büyülediğimi anlattılar.

Nine de, yanıma gelip, beni okşayarak:

— Bu Marsıvan olağanüstü bir hayvan! dedi. Ben de bir sürü akıllı eşek gördüm, ama bu öteki hayvanlardan çok daha akıllı hem de. Ama Marsıvan gibisine hiç rastlamadım. Eşeklere karşı çok haksız davranılıyor.

Kendisine dönüp şükranla yüzüne baktım.

Nine:

— Sanki söylediklerimi anladı! diye, güldü. Benim zavallı Marsıvanım! Yaşadığım sürece seni hiçbir zaman satmayacağım. Etrafında olup bitenleri anlıyormuşsun gibi de sana iyi baktıracağım.

Yaşlı hanımımın yaşını düşünerek, iç çektim: O elli dokuz yaşındaydı, ben ise dokuz, on.

İçimden, "Küçük, değerli efendilerim," diyordum. "Nineniz ölünce sakın beni satmayın. Yalvarırım size, beni yanınızda alıkoyun, sizlere hizmet ederek ölmemi bekleyin."

Ne var ki bilgin eşeğin sahibine oynadığım oyun için de ileride çok pişman oldum. Ne derece akıllı olduğumu gösterirken yaptığım kötülüğü daha sonra anlayacaksınız.

## XX
## KURBAĞA

Arkadaşım Çomar'ı öldüren o kendini beğenmiş oğlan bağışlanmıştı... Arsızlığı sayesinde olacak. Ninenin evine gelmesine müsaade ediyorlardı artık. Onu görmeye tahammülüm yoktu. Elbette bana hak verirsiniz. Kendisine birkaç oyun oynamak için de fırsat kolluyordum. Hiç de merhametli bir yaratık değildim. Suçları bağışlamayı da daha öğrenmemiştim.

Auguste çok korkaktı, ama, her zaman da cesaretinden bahsederdi. Babasının şatoya onunla birlikte geldiği bir gün Camille de çocuklarla parkta geziyordu. Birdenbire öne doğru atıldı, sonra yana doğru sıçradı.

— Ay! diye haykırdı.

Pierre hemen atılıp:

— Ne var? diye sordu.

Camille:

— Ayağımın üzerinden bir kurbağa atladı!

Auguste:

— Kurbağalardan korkar mısın sen? Ben hiçbir şeyden, hiçbir hayvandan korkmam!

Camille:

— Geçen gün kolunda örümcek gezdiğini söylediğim zaman neden o kadar sıçradın öyleyse?

Auguste:

— Çünkü söylediğini iyi anlayamamıştım.

Camille:

— Ne demek iyi anlayamamıştım! Pek kolayca anlaşılacak bir şeydi söylediğim!

Auguste:

— Evet, duymasına duymuştum ama, "Örümcek geziniyor orada," dedin sandım. Daha iyi görebilmek için zıpladım. İşte o kadar!

Pierre:

— Hiç de değil. Çünkü zıplarken, "Pierre, at üzerimden onu!" diye bağırdın.

Auguste:

— Daha iyi görebilmek için, üzerimden atmanı istedim.

Madeleine, alçak sesle, Camille'e:

— Yalan söylüyor, dedi.

Camille de alçak sesle:

— Evet, farkındayım, diye cevap verdi.

Bu konuşmayı ben de dinliyor, görüleceği gibi de, yararlanmaya hevesleniyordum. Çocuklar çimenlerin üzerine oturmuşlardı, ben de yanlarına gittim. Onlara yaklaşırken yeşil ufak bir kurbağa gördüm. Auguste'ün çok yakınındaydı. Oğlanın cebi de aralık durduğu için, kafamda tasarladıklarımı kolaylıkla uygulayabilecektim.

Hiç gürültü etmeden yaklaştım. Kurbağayı bir bacağından yakalayarak, övüngen oğlanın cebine koyuverdim. Auguste'ün bu hediyeyi kendisine benim vermiş olduğumu anlamaması için de hemen oradan uzaklaştım.

Ne konuştuklarını pek iyi duyamıyordum ama, Auguste'ün övünmeye devam ettiğini, aslanlardan bile korkusu olmadığını ileri sürdüğünün farkındaydım. Tam çocuklar itiraz ederlerken burnunu silmek zorunda kaldı. Elini cebine soktu, korkuyla haykırarak, elini çekti. Hızla yerinden fırladı.

— Çıkarın, çıkarın, yalvarırım size!.. Alın oradan! Korkuyorum. İmdat! İmdat!

Camille, yarı alayla, yarı da ürkmüş bir tavırla:
— Ne var, Auguste? dedi.
Auguste:
— Bir hayvan, bir hayvan! Alın cebimden, yalvarırım size!..
Pierre:
— Hangi hayvandan söz ediyorsun? Nerede bu hayvan?
Auguste:
— Cebimde... Dokundum... Çıkarın oradan, çıkarın! Korkuyorum!
Henri, tiksinerek:
— Sen kendin de çıkarabilirsin, dedi. Korkak sen de!
Elisabeth:
— Hale bakın! Cebindeki hayvandan korkuyor! Kendi dokunmaya cesaret edemediği için bizim çıkarmamızı istiyor!

Çocuklar, biraz ürktükten sonra kendilerini toparladılar, kurbağadan nasıl kurtulacağını bilemeyen Auguste'ün suratının haliyle alay etmeye başladılar. Oğlan hayvanın cebinde debelendiğini, tırmandığını duyuyordu. Kurbağanın her hareketi de korkusunun bir kat daha artmasına yol açıyordu.

En sonunda aklı büsbütün başından gitti, korkudan çılgına döndü. Her an cebinde oynadığını duyduğu hayvandan kurtulmak için, ceketini çıkartıp yere atmaktan başka çare bulamadı. Gömlekle kalmıştı.

Çocuklar gülmekten katılarak, ceketin üstüne atıldılar. Henri cebi iyice araladı. Hapisten kurtulmak isteyen küçük kurbağa da, gün aydınlığını görür görmez, çıkacağı delik ne kadar dar da olsa, hemen dışarı fırladı. Çocuklar da, emin bir yere sığınmak için zıplayan, telaşlanan minicik, yeşil hayvanı görebildiler.

Camille, gülerek:

— Düşman kaçıyor! dedi.

Pierre:

— Dikkat et, peşinden gelmesin!

Henri:

— Yaklaşma, seni parçalayabilir!

Madeleine:

— Bu ufacık kurbağa ne yapabilir ki!

Elisabeth:

— Aslan olsaydı, Auguste üstüne atılırdı ama böyle küçük bir kurbağa karşısında... Ne kadar cesaretli olsa, yine de pençesinden kendini koruyamaz...

Louis:

— Dişlerini unutuyor musun?

Jacques, kurbağayı yakalayarak, Auguste'e seslendi:

— Elbiseni alabilirsin yerden. Düşmanını esir aldım!

Auguste, çocukların alayları, gülüşmeleri karşısında utanmış, kımıldamadan duruyordu.

Pierre:

— Auguste'ü giydirelim. Sırtına ceketini geçirecek bile hali yok.

Henri:

— Dikkat et, üzerine bir sinek falan konmasın! Bir tehlike de o çıkartır başına!

Auguste kaçmak istedi, bütün çocuklar peşinden koşmaya başladılar. Pierre, yerden kaldırdığı ceketi eline alarak, ötekiler de, kaçağın yolunu keserek, koşuyorlardı.

Herkes için çok eğlenceli bir avdı bu. Yalnız, Auguste aynı durumda değildi elbette. Utancından, öfkesinden kıpkırmızı kesilmiş, sağa, sola koşuyor, her yanda bir düşmanla karşılaşıyordu.

Ben de onlara katılmıştım. Auguste'ün önünden, arkasından koşarak, anıra anıra, pantolonundan yakalamaya çalışıyor, korkusunu büsbütün artırıyordum. Bir keresinde yakaladım, ama kendisini öylesine hızla çekti ki, pantolonun paçası dişlerimin arasında kaldı.

Çocukların kahkahaları da gittikçe yükseliyordu. Derken, oğlanı daha iyi yakalamayı başardım.

Auguste'ün çığlığı, dişlerimin arasına sıkışan şeyin kumaştan başka bir şey olduğunu belli ediyordu. Hemen olduğu yerde durakladı.

Önce Pierre'le Henri yaklaştılar. Auguste yine debelenmek istedi, ama ben, yakaladığım noktayı hafifçe çekince, bir çığlık daha kopardı, kuzu gibi de yumuşayıverdi.

Pierre'le Henri ceketini sırtına giydirirken o heykelden farksızdı, hiç kımıldamadı.

Bana ihtiyaçları kalmadığını anlayınca, oradan uzaklaştım. Auguste'ü böyle gülünç bir duruma düşürdüğüm için de keyfimden yerimde duramıyordum.

Kurbağanın cebine nasıl girdiğini hiçbir zaman öğrenemedi. O uğurlu günden sonra, artık çocukların karşısında, cesaretinden bahsederek övünemedi.

## XXI
## MİDİLLİ

Öcümü almış sayılabilirdim ama olmadı. Auguste'e karşı beslediğim kin o kadar derindi ki sonradan pişman olduğum halde zavallı çocuğa bir kötülük daha yaptım. Kurbağa hikayesinden sonra, bir ay kadar ondan kurtulmuş olduk. Günün birinde babası onu yine getirdi. Kimse de memnun olmadı oğlanın bu gelişinden.

Pierre, Camille'e:
— Bu oğlanı eğlendirmek için ne yapacağız? diye sordu.

Camille:
— Koruda bir eşek gezintisi yapmayı teklif et. Henri, Marsıvan'a biner, Auguste çiftliğin eşeğiyle gider, sen de midillinle.

Pierre:
— Çok güzel bir fikir! Yeter ki bunu kabul ettirelim kendisine.

Camille:
— Kabul etmesi gerekir. Midilli ile eşekleri hazırlat. Her şey hazır olunca da onu eşeğine bindirirsiniz.

Pierre hemen Auguste'ü çağırmaya gitti. Auguste küçüklere, güya, bahçelerini güzelleştirmek için akıl öğretmekteydi. Her şeyi altüst ediyor, sebzeleri yerlerinden çıkartıp çiçekleri baştan dikiyor. Çilek tarlalarını bozuyordu; kısacası, her yanı berbat etmekteydi. Zavallı yavrucaklar buna engel olmak istiyorlardı, ama onları ya bir tekmeyle uzaklaştırıyor ya da elindeki belle vuruyordu.

Pierre, yanlarına ulaştığı zaman, çocukları çiçek, sebze yığıntıları karşısında ağlar buldu. Canı sıkılmıştı.

— Zavallı çocukları neden üzüyorsun? diye sordu.
Auguste:
— Üzmüyorum, onlara yardım ediyorum.
Pierre:

— Onlar senden yardım istemiyorlar ki...
Auguste:
— İstemeseler de onlara iyilik etmek gerekir.
Louis:
— Bizim iki kat büyüğümüz olduğu için, bize karşı böyle davranıyor. Sana ya da Henri'ye karşı başka türlü davranırdı. Cesaret edemezdi ki!
Auguste:
— Cesaret edemez miymişim? Bunu sakın bir daha söyleme, küçük!
Jacques:
— Elbette cesaret edemezsin! Pierre'le Henri küçük bir kurbağadan daha kuvvetlidirler bence.

Bu kurbağa sözünü işitince Auguste kızardı, hor görür gibi bir tavır takınıp Pierre'e döndü:
— Ne istemiştin, aziz dostum? Buraya geldiğin zaman beni arıyordun sanırım.
Pierre:
— Evet. Eşekle gezinti yapmamızı teklif edecektim. Bizimle birlikte koruda gezintiye çıkmak istersen, bir çeyrek saate kadar hazır oluruz.
Auguste acele ile:
— Elbette, elbette! Seve seve gelirim! dedi.

Ahıra gidip, arabacıya midilliyle çiftlikteki arkadaşımı ve beni hazırlamasını tembih ettiler.
Auguste:
— Midilliniz mi var? Ben midillileri çok severim.
Pierre:
— Ninem bana hediye etti.
Auguste:
— Sen ata binmesini biliyor musun?
Pierre:
— Evet, iki yıldır eğitim yerinde ata biniyorum.
Auguste:
— Senin midilline binmeyi çok isterdim.

Pierre:

— Ata binmeyi öğrenmedinse, midilliye binmeni tavsiye etmem.

Auguste:

— Ata binmeyi öğrenmedim, ama, herhangi bir kimse gibi ben de pekala binebilirim.

Pierre:

— Hiç denedin mi?

Auguste:

— Hem de kaç kere! Ata binmeyi bilmeyen var mıdır ki?

Pierre:

— Ne zaman ata bindin? Babanın binek atları yok ki...

Auguste:

— Ata binmedim ama eşeğe bindim. Aynı şey değil mi?

Pierre, gülümsememeye çalışarak:

— Hiç ata binmedinse, benim midillime binmemeni tavsiye ederim, Auguste'cüğüm, dedi.

Auguste, bozularak:

— Nedenmiş? dedi. Bir kerelik bana verebilirsin midillini.

Pierre:

— Vermek istemediğim için değil ama midillim çok azılı bir hayvandır.

Auguste:

— Ne olmuş yani?

Pierre:

— Olacağı şu ki, seni yere fırlatabilir...

Auguste:

— Merak etme, senin sandığından çok daha becerikliyimdir. Benim için midillinden biraz yoksun kalmaya razı olursan, hayvanı pek güzel sürdüğümü görürsün.

Pierre:

— Nasıl istersen, arkadaşım. Sen midilliye bin, ben de çiftliğin eşeğine binerim. Henri, Marsıvan'la gidecek.

Henri de yanlarına geldi. Yola çıkmak üzere hazırdık artık. Auguste midilliye yaklaştı. Hayvan biraz çırpındı, iki-üç kere sıçradı. Auguste, kaygılı gözlerle bakıyordu midilliye.

— Ben sırtına çıkıncaya kadar hayvanı sıkı tutun, dedi.

Arabacı:

— Hiçbir tehlike yok, efendim, diye araya girdi. Bu hayvan hiç huysuz değildir. Korkmayın sakın...

Auguste yine alınmıştı:

— Hiç de korkmuyorum. Bende korkan bir kimsenin hali var mı? Ben dünyada hiçbir şeyden korkmam zaten!

Henri, alçak sesle, Pierre'e:

— Yalnız küçük kurbağalardan korkar! dedi.

Auguste:

— Neler fısıldıyorsun, Henri? Pierre'in kulağına neler söylüyorsun?

Henri:

— İlginç bir şey söylemedim. Çimenlerin üstünde bir kurbağa gördüm gibi geldi de.

Auguste dudaklarını ısırdı. Kıpkırmızı kesildi ama hiç karşılık vermedi. En sonunda midillinin sırtına çıkabildi, yuları çekti. Hayvan geriledi, Auguste de eyere yapıştı.

Arabacı gülerek:

— Çekmeyin, efendim, çekmeyin! diyordu. At eşek gibi yönetilmez.

Auguste dizgini elinden bıraktı. Henri ile ben önden gidiyorduk, Pierre de çiftliğin eşeğiyle arkamızdan geliyordu.

Oyun olsun diye dörtnala koşmaya başladım. Midilli de beni geçmeye uğraşıyordu. Ben daha da hızlandım. Pierre'le Henri gülmekten katılıyorlardı. Auguste bağırıyor, hayvanın yelesine sımsıkı yapışmış gidiyordu.

Hep birden hızlanmıştık. Ben, ancak Auguste yere serildikten sonra yavaşlamaya karar vermiştim. Midilli gülüşmelerden, haykırışmalardan sinirlenmiş, beni geçmişti bile. Yakınından koşuyor, yavaşlamak istediğini sezince de kuyruğunu ısırıyordum. Böylece bir çeyrek saat kadar dörtnala gittik. Auguste her adımda düşecek gibi oluyor, midillinin boynuna asılıyordu. Bir an önce düşmesini sağlamak için, atın kuyruğunu daha kuvvetlice ısırdım. O da çifte atmaya başladı. İlkinde Auguste hayvanın boynunda buldu kendini. İkincisinde atın başından yere uçtu, otların üzerine serildi. Öylece kalakalmıştı. Pierre'le Henri, arkadaşları yaralandı sanarak, hemen yere atladılar. Yanına koşup, onu kaldırmak istediler.

— Auguste, Auguste, yaralandın mı? diye soruyorlardı.

Auguste, geçirdiği korkudan daha kurtulamadığı için, her yanı titreyerek, doğrulmaya çalıştı.

— Bir şeyim yok ama, bilemiyorum... diye kekeledi.

Ayağa kalkmayı başardığı zaman, bacaklarının üstünde zorlukla durabildi. Dişleri birbirine vuruyordu. Pierre'le Henri onu iyice muayene ettiler. Bir yanında ne sıyrık, ne de yara bulamayınca, ona acıyarak baktılar.

Pierre:

— Bu derece korkak olmak gerçekten iğrenç, dedi.

Auguste:

— Ben korkak... değilim... Yalnız... korktum... diye kekeledi. Konuşurken dişleri birbirine çarpıyordu.

Pierre:

— Artık midillime binmekten vazgeçmişsindir sanırım, dedi. Sen eşeğe bin, ben de atımı geri alayım.

Auguste'ün ne diyeceğini beklemeden de, çevik bir hareketle, atın üzerine sıçradı.

Auguste ise, acınacak bir halde:

— Ben Marsıvan'a binmek isterdim... diye söyleniyordu.

Henri:

— Nasıl istersen öyle olsun, dedi. Sen Marsıvan'la git, ben de çiftliğin eşeği Kırçıl'a binerim.

Önce, bu korkak oğlanı sırtıma bindirmemek için elimden geleni yapmaya niyetlendim, sonra da hıncımı daha iyi alabilecek başka şeyler düşündüm. Düşmanımı rahatça sırtıma bindirdim, atın arkasından gitmeye koyuldum. Auguste beni koşturmak ister de sopasını kullanırsa onu hemen yere atacaktım.

Auguste, küçük efendilerimin bana karşı besledikleri dostluğu iyi bildiği için, istediğim gibi gitmeme ses çıkarmadı. Koruda giderken, çalıların, hele büyük dikenlerin, çobanpüskülleriin, böğürtlenlerin yakınlarından geçiyordum. Maksadım bu fidanların dikenli dallarıyla, binicimin yüzünü gözünü yırtmasıydı. Auguste kızarak, Henri'ye şikayet etti.

Henri:

— Marsıvan ancak sevmediği insanları rahatsız eder, dedi. Demek ki sen hoşlandığı kimseler arasında değilsin.

Kısa zaman sonra evin yolunu tuttuk. Bu gezinti Pierre'le Henri'yi hiç de memnun etmemişti. Çünkü durmadan Auguste'ün sızlanmasını dinliyorlardı. Yüzüne bir dal çarptıkça oğlan bağırıyordu. Yüzü insanı acındıracak kadar tırmık içinde kalmıştı. Onun da arkadaşlarından daha iyi zaman geçirmediğini sanırım.

Korkunç tasarım gerçekleşmek üzereydi. Çiftliğe dönerken bir çukurdan geçmemiz gerekiyordu. Oraya mutfağın yağlı, pis suları birikirdi. Her ele geçen yemek artığı atıldığı için, bunlar bulaşık suyunda çürür, kapkara pis bir çamur meydana getirirdi. Henri ile Pierre'i önüme geçirmiştim. Çukurun yanına gelince, kenarına sıçradım, çifte de atarak, Auguste'ü bataklığın tam ortasına gönderdim. Ben de durdum, bu kapkara, kokmuş çamurun içinde çırpındığını seyretmeye başladım.

Bağırmak istedi ama pis su ağzına giriyordu. Çamur

kulaklarına kadar geldiği için, çukurun kenarını da bulamıyordu, içimden gülüyor, "Çomar, Çomar... Öcünü aldım işte!" diyordum. Bu zavallı oğlana yaptığım kötülüğün derecesini de kavrayamıyordum. O Çomar'ı öldürürken kötülük yapmak istememiş, sadece beceriksizliği yüzünden arkadaşımın ölümüne yol açmıştı. İkimizden en kötü olanın ben olduğumu düşünemiyordum.

En sonunda Pierre'le Henri, hayvanlarından indiler. Auguste'le benim ortalarda olmadığımızı fark etmiş olacaklar ki geri döndüler. Çukurun başında benim sevinçle düşmanımı seyrettiğimi, Auguste'ün de kendini kurtarmak için çabaladığını gördüler.

Auguste, çamurda boğulmak tehlikesiyle karşı karşıyaydı. Avazları çıktığı kadar bağırarak, hemen çiftlik uşaklarını çağırdılar. Adamlar bir sırık getirdiler, Auguste de ucuna yapıştı, böylelikle çukurdan kurtarılabildi. Ayağını toprağa bastığı zaman, kimse yanına yaklaşmak istemedi. Çamur içinde kalmış, aynı zamanda da kokudan yanına varılmaz hale gelmişti.

Pierre:

— Gidip babasına haber verelim, diyordu.

Henri de:

— Babamla amcalarıma da soralım, nasıl temizleneceğini öğretsinler, dedi.

Pierre:

— Hadi, Auguste, arkamızdan gel ama, pek yaklaşma, çünkü çok fena kokuyorsun! dedi.

Auguste sersemleşmişti. Çamurdan kapkara olmuş, önünü zor görür halde, arkadaşlarının peşinden gitmeye çalışıyordu. Çiftlik adamlarının şaşkınlıkla bağırdıkları işitilmekteydi. Ben öncülük yapıyor, koşarak, anırarak, dönüp duruyordum. Pierre'le Henri benim bu keyifli halime kızdılar. Beni susturmaya çalışıyorlardı.

Bu alışılmamış gürültü, bütün evin dikkatini çekmişti. Sesimi tanıyanlar ancak olağanüstü durumlarda böyle anırdığımı bilirlerdi. Bu yüzden, meraka düşüp, pencerelere üşüşmüşlerdi. Öyle ki, şatonun yakınına geldiğimiz zaman, bütün pencerelerin meraklı yüzlerle dolu olduğunu gördük. Kısa zaman sonra büyük, küçük, yaşlı, genç herkes bahçeye inmiş, etrafımızı almıştı. Auguste de aramızdaydı. Herkes oğlanın nesi olduğunu soruyor, yaklaşınca da kaçıyordu.

İlk önce nine söze başladı:

— Bu zavallı yavrucağı hemen temizlemeli. Yaralanmış mı, diye de baksanıza bir kere!

Pierre'in babası:

— Nasıl yıkanacak? diye sordu. Her şeyden önce banyoyu hazırlamak gerekir.

Auguste'ün babası:

— Ben uğraşırım bu işle, dedi. Hadi, Auguste, benimle gel. Yürümene bakılırsa ne yaran var, ne de sıyrık gibi bir şeyin. Su birikintisinin içine dal ilk önce. Çamuru temizledikten sonra da, sabunlanırsın. Bu mevsimde su soğuk olmaz. Pierre sana ödünç olarak çamaşır, elbise versin.

Adamcağız su birikintisine doğru yürüdü. Auguste de, babasından çok çekindiği için, peşinden yürümeye başladı. Ben bu işin nasıl başarılacağını merak ettiğimden, oraya kadar koştum arkalarından. Çok da zor oldu. Bu yağlı, yıvışık çamur derisine, saçlarına yapışmıştı. Hizmetçiler çamaşır, sabun, elbise, ayakkabı getirmek için koşuşuyorlardı. Küçük efendilerin babaları da oğlanı sabunlamaya yardım ettiler. Meydana adeta tertemiz bir Auguste çıkarabildiler ama tir tir titriyor, o kadar da utanıyordu ki, kimseye görünmek istemedi. Babasına yalvararak, eve dönmelerini sağladı.

Bu arada herkes kazanın nasıl olduğunu öğrenmek istiyordu. Pierre'le Henri oğlanın iki defa düştüğünü anlattılar.

Pierre:

— Bana kalırsa her iki sefer de düşmesine Marsıvan yol açtı, dedi. Çünkü Auguste'ü hiç sevmiyor. Marsıvan midillimin kuyruğunu ısırdı. Oysa birimizden biri üzerindeyken böyle bir şey yapmazdı. Böylece hayvanı dörtnala gitmeye zorladı. Ata da çifte attı, bu yüzden de Auguste yere yuvarlandı, ikinci düşüşünde yanında yoktuk ama Marsıvan'ın halinden her şey belli oluyordu. Nasıl keyifli keyifli anırıyor, bakın! Çocuktan nefret ettiği belli!

Madeleine:

— Nefret ettiğini nereden biliyorsun? diye sordu.

Pierre:

— Her davranışı bunu gösteriyor, dedi. Kurbağa hikayesini hatırlıyor musun? Marsıvan Auguste'ün peşi sıra koşuyordu. Pantolonundan yakaladıktan sonra da, biz arkasına elbisesini giydirinceye kadar da, bırakmadı. O aralık yüzüne bakıyordum. Öyle bir hainlik okunuyordu ki yüzünde!.. Oysa bize hiçbir zaman böyle bakmaz. Ancak nefret ettiği kimselere karşı bu yüzü takınır o. Auguste'e bakarken, gözleri kömür gibi parlıyor. Gerçekten de şeytan gibi bakışları var. Öyle değil mi, Marsıvan? Auguste'ten nefret ettiğini iyi anlamışım değil mi? Ona bilerek kötülük ettin, değil mi?..

Anırarak, dilimi elinin üzerinden geçirerek, karşılık verdim.

Camille:

— Biliyor musun? dedi. Marsıvan gerçekten hiç görülmemiş bir eşek. Söylediklerimizi duyduğuna, bizi anladığına eminim ben.

Tatlı tatlı yüzüne baktım. Sonra da yanına gidip başımı omzuna koydum.

Camille:

— Marsıvanım benim! dedi. Ne yazık ki, günden güne hırslı, kötü oluyorsun. Bu yüzden de seni gittikçe daha az seviyoruz. Yazı yazamaman da çok yazık. Sonra elini başımda ve boynumda gezdirdi. Sen çok ilginç şeyler görmüşsündür. Hatıralarını yazacak olsan, kim bilir ne eğlenceli olur!

Henri:

— Zavallı Camille! Amma da saçma şeyler söylüyorsun? dedi. Marsıvan düpedüz eşek. Hatıralarını nasıl yazabilir ki?

Camille:

— Onun gibi bir eşek bambaşka bir eşek sayılır! dedi.

Henri:

— Eşeklerin hepsi birbirlerine benzer. Ne yaparlarsa yapsınlar, sonunda yine eşekten başka bir şey değildirler.

Camille:

— Öyle ama, eşek var, eşekçik var...

Henri:

— Bir kimsenin budala, bilgisiz, inatçı olduğunu belirtmek için de bilirsin ki "eşek gibi" derler. Sen bana, "Henri, sen eşeksin!" demiş olsan, hemen darılırım, çünkü bunu bir hakaret kabul ederim.

Camille:

— Haklısın. Öyle, ama görüyorum ki, Marsıvan pek çok şey anlıyor, bizi seviyor, son derece olağanüstü bir aklı var. Üstelik, eşekler kendilerine eşek muamelesi yapıldığı için eşektir. Biz onlara karşı pek sert, pek kötü davranıyoruz. Bunun için, eşekler de sahiplerini sevmezler, onlara iyi hizmet de etmezler.

Henri:

— Sence Marsıvan hırsızları becerikliliğinden mi yakalattı? İnanılmayacak davranışları da hep bu yüzden miydi?

Camille:

— Elbette değil mi ya? Akıllı olduğu, hırsızları yakalatmak istediği için onların yerlerini belirtti. Sence başka bir şeyden dolayı mı sanki?

Henri:

— Sabahleyin arkadaşlarının yeraltına girdiklerini gördüğü için onlarla buluşmak istemiştir.
Camille:
— Ya bilgin eşeğe oynadığı oyunlar?
Henri:
— O da kıskançlığından, kötülüğünden.
Camille:
— Ya eşek yarışı?
Henri:
— O da eşek gururu yüzünden.
Camille:
— Pauline'i kurtardığı yangın?
Henri:
— İçgüdüsünün sonucu.
Camille:
— Artık sus, Henri, sabrım tükendi!
Henri:
— Marsıvan'ı ben de çok severim, emin ol. Yalnız, onu olduğu gibi kabul ediyorum, yani bir eşek olarak! Sen ise onu bir dahi gibi görüyorsun. Şunu da bil ki, kendisinde var olduğuna inandığın akıl, irade gerçekten olsa bile, çok hain, nefret edilecek bir hali var.
Camille:
— Ne gibi?
Henri:
— Bilgin eşekle sahibini gülünç duruma düşürdü, yaşamak için muhtaç oldukları parayı kazanmalarına engel oldu. Hainlik değil midir bu? Kendisine hiçbir kötülüğü dokunmayan Auguste'e bin bir türlü kötülük yaptı... Isırıp, çifte atmak, bütün hayvanları ürkütmek kötülük değil midir?
Camille:
— Çok doğru, haklısın, Henri. Marsıvan'ın şerefini düşündüğüm için, ne kadar kötülük ettiğinin kendisinin farkında olmadığına inanmayı uygun buluyorum.

Camille, Henri ile, koşa koşa uzaklaştı. Beni de, duyduklarımdan çok üzülmüş durumda, yalnız bırakıp gittiler. Henri'nin haklı olduğunu biliyordum ama bunu kendi kendime itiraf etmek istemiyordum. Üstelik, terbiyemi de değiştirmek istemediğim gibi, gurur, öfke, öç almak gibi duyguların da önüne geçmek niyetinde değildim.

## XXII
## CEZA

Akşama kadar tek başıma kaldım. Beni görmeye kimse gelmedi. İçim sıkılıyordu. Akşamüzeri, hizmetçilerin, uşakların hava almak üzere toplandıktan mutfak kapısının yanına geldim. Orada konuşuyorlardı.

Aşçıbaşı:

— Ben hanımın yerinde olsaydım, şu eşekten kurtulmanın çaresine bakardım.

Hizmetçi kız:

— Gerçekten de gittikçe kötüleşiyor. Zavallı Auguste'e yaptıklarını duydunuz ya... Çocuğu öldürebilir, boğulmasına yol açabilirdi.

Uşak:

— Sonra da sevincinden yerinde duramıyordu. Sanki büyük bir marifet yapmış gibi zıplıyor, koşuyor, anırıyordu.

Arabacı:

— Cezasını bulacak, merak etmeyin? Akşam yemi yerine ona öyle bir dayak çekeceğim ki...

Uşak:

— Dikkatli ol. Hanım fark ederse...

Arabacı:

— Hanımın nereden haberi olacak! Gözünün önünde mi sopa atacağım sanıyorsun? Ahıra girmesini bekleyeceğim.

Uşak:

— Sen çok beklersin! Bu hayvan kendi başına buyruk. Kimi zaman pek geç giriyor ahıra.

Arabacı:

— Canımı sıkarsa, istesin, istemesin; ben onu ahıra sokmasını bilirim, hem de kimsenin haberi olmadan!

Hizmetçi kız:

— Kolay mı bunu başarmak! Korkunç hayvan bir anırmaya başladı mı, bütün ev halkını ayağa kaldırır.

Arabacı:

— Hadi sen de? Sesini çıkaramayacak hale getirmesini bilirim ben onu. Soluk aldığı bile duyulmaz!

Herkes kahkahalarla güldü. Ne de kötü şeylerdi! Kızmıştım. Yiyeceğim dayaktan kendimi kurtarmanın çarelerini arıyordum. Üzerlerine atılıp hepsini ısırmak istiyordum, ama gidip hanımıma beni şikayet ederler korkusundan, buna cesaret edemiyordum. O da, oynadığım oyunlardan bıkarak, beni gerçekten başından atmaya kalkabilirdi.

Ben böyle düşünüp dururken hizmetçi kız bakışlarımın ne derece hainleştiğini arabacıya anlatıyordu.

Arabacı başını salladı, kalkıp mutfağa girdi. Sonra oradan çıkıp, ahıra gidecekmiş gibi yürüdü. Tam önümden geçerken, hızla, boynuma ilmikli bir ip attı. İpi çözmek için arka arka gittim, o da öne doğru çekerek, beni ileriye doğru yürütmeye çalıştı.

İkimiz de bir yana çekiyorduk. İpi çektikçe, boğulacak gibi oluyordum; ilk önce, anırmaya çabaladım, ama güçlükle soluk alabiliyordum. Arabacının çektiği yöne gitmek zorunda kaldım.

Böylece, beni ahıra kadar götürdü. Kapıyı öteki uşaklar açmıştı. İçeri girdikten sonra, yularımı taktılar, beni boğacak hale gelen ipi boynumdan çıkardılar. Arabacı da kapıyı sıkıca kapadıktan sonra, eline kamçısını alıp, hiç acımadan vurmaya başladı.

Beni koruyacak kimsem yoktu. Bütün gücümle anırdım, debelendim. Genç efendilerim duymuyorlardı. Kötü arabacı da, yaptığım kötülüklerin cezasını bana istediğinden daha çok çektirdi.

En sonunda, beni anlatamayacağım kadar yorgun bir durumda bıraktı. Bu eve girdiğimden beri ilk defa böyle hakaret görmüş, dövülmüştüm. O zamandan sonra derin derin düşündüm, bu cezayı hak ettiğimi anladım.

Ertesi gün geç saatlerde beni ahırdan çıkardılar. Arabacının yüzünü ısırmak için can atıyordum, ama yine bir gün önceki gibi, kovulmak korkusuyla vazgeçtim.

Eve doğru yürümeye başladım. Çocuklar, merdivenin başında toplanmışlar, heyecanlı heyecanlı konuşuyorlardı.

Pierre, benim yaklaştığımı görünce:

— İşte kötü Marsıvan geliyor, dedi. Kovalım onu. Bize de zavallı Auguste'e oynadığı oyunları oynayabilir ya da ısırır...

Camille:

— Doktor babama ne söylemiş biraz önce?

Pierre:

— Auguste'ün çok hasta olduğunu söylemiş. Ateşi varmış, sayıklıyormuş.

Jacques:

— Sayıklamak ne demek?

Pierre:

— İnsanın ateşi çok yüksek olunca ne söylediğini bilmez. Sayıklama denir buna. Kimseyi tanıyamaz, aslında olmayan birçok şeyleri gördüğünü sanır.

Jacques:

— Auguste neler görüyordur acaba?

Pierre:

— Hep Marsıvan'ı görüyormuş. Üstüne çıkacak, ısıracak, onu ayaklarının altında ezecek sanıyormuş. Babamla amcalarım kendisini görmeye gittiler.

Madeleine:

— Marsıvan'ın zavallı Auguste'ü o pis çukura atması ne haince bir davranıştı, doğrusu!

Jacques, bana dönerek:

— Evet, bayım, davranışın çok kötüydü! Sen çok kötü bir yaratıksın! Artık seni hiç sevmiyorum! dedi.

Çocuklar hep bir ağızdan:

— Ben de! diye haykırdılar. Defol buradan! İstemiyoruz seni!

Şaşırmıştım. Hiçbiri beni istemiyordu artık! Pek çok sevdiğim küçük Jacques bile beni kovuyor, benden nefret ediyordu.

Birkaç adım geri gittim. Başımı dönerek, öyle üzgün bakışlarla onları süzdüm ki, bu Jacques'a pek dokundu. Bana doğru koştu, başımı yakaladı, okşadı, tatlı bir sesle konuştu:

— Beni dinle, Marsıvan. Şimdi seni sevmiyoruz, ama iyi huylu olursan, hepimiz seni yine eskisi gibi severiz.

Öteki çocuklar:

— Hayır, hayır, eskisi gibi sevemeyiz, diye bağırdılar. Çok kötüleşti o!

Küçük Jacques elini boynuma koyarak:

— Görüyorsun ya, kötü olmak ne berbatmış! dedi. Artık seni sevmek istemiyorlar. Sonra kulağıma eğildi. Ben seni yine de biraz seviyorum. İyi huylu olursan daha çok seveceğim, tıpkı önceleri nasıl seviyorsam, yine öyle.

Henri:

— Dikkat et, Jacques, pek yaklaşma. Seni de ısırmaya ya da tekmelemeye kalkarsa, sonra canın acır.

Jacques:

— Merak edecek bir şey yok. Hiçbirimizi ısırmayacağına ben eminim.

Henri:

— Nasıl emin olabilirsin? Auguste'ü iki defa yere attı!

Jacques:

— Auguste'le biz bir değiliz. Onu sevmiyordu.

Henri:
— Neden Auguste'ü sevmiyordu? Auguste ona ne yapmıştı ki? Günün birinde bizden de nefret edebilir!
Jacques buna karşılık vermedi. Söyleyecek bir şey de yoktu. Başını sallamakla yetindi. Bana dönerek, dostça bir işaret yaptı. Bu yüzden benim de gözlerim yaşardı.
Jacques'çığımın bu sevgi gösterişi ötekilerin beni başlarından atmak istemeleri yüzünden daha da değer kazanmıştı. İlk olarak kalbimde pişmanlık duygusu canlandı. Zavallı Auguste'ün hastalığını merakla düşünmeye başladım.
Öğleden sonra hastanın daha da ağırlaştığını öğrendik. Doktor, çocuğun hayatını kurtaramamaktan korkuyormuş.
Akşamüzeri genç efendilerim Auguste'ü görmeye gittiler. Kızlar da onların dönmelerini sabırsızlıkla bekliyorlardı. Ta uzaktan geldiklerini görür görmez hemen haykırdılar:
— Ne haber? Nasılmış?
Pierre:
— Pek iyi değil ama deminkinden biraz daha iyice.
Henri:
— Zavallı babasının hali yürekler acısı! Ağlıyor, hıçkırıyor, oğlunun iyileşmesi için dua ediyordu. Öyle dokunaklı şeyler söylüyordu ki ben de, dayanamayıp, ağladım.
Elisabeth:
— Biz de, babasıyla birlikte, akşam Auguste için dua edeceğiz değil mi, çocuklar?
Çocuklar hep birden:
— Elbette! dediler. Hem de bütün kalbimizle.
Madeleine:
— Vah zavallı Auguste! Ya ölürse?
Camille:
— Babası kederinden muhakkak çıldırır. Başka da çocuğu yok.

Elisabeth:

— Auguste'ün annesi nerede? Hiç görünmez.

Pierre:

— Görünmez, çünkü öleli on yıl olmuş.

Henri:

— Meselenin asıl garip yanı da şu: Kadıncağız bir vapur gezintisinde suya düşme sonucunda ölmüş.

Elisabeth:

— Suda mı boğulmuş?

Pierre:

— Hayır. Hemen kurtarmışlar, ama hava çok sıcakmış, suyun soğukluğu, korku onu mahvetmiş. Ateşi yükselmiş, sayıklamaya başlamış... tıpkı Auguste gibi. Sekiz gün sonra da ölmüş, zavallı.

Camille:

— Tanrım, sen Auguste'ü koru! Aynı felaket gelmesin başına!

Elisabeth:

— İşte bu yüzden çok dua etmeliyiz. Belki Tanrı dileğimizi kabul eder.

Madeleine:

— Jacques nerede?

Camille:

— Biraz önce buradaydı. Belki içeri girmiştir.

Zavallı yavrucak içeri girmişti. Boş bir sandığın arkasına diz çökerek, başını ellerinin arasına almış, ağlıyor, durmadan ağlıyordu.

İşte, Auguste'ün hasta olmasına, zavallı babasının kaygısına, küçük Jacques'ın üzülmesine hep ben yol açmıştım.

Bu düşünce beni de çok üzdü. "Çomar'ın öcünü almalıydım," diye söylendim. "Auguste'ün düşmesi, Çomar'a bir yarar sağladı mı ki? Sanki benim arkadaşım geri mi gelecekti? Aldığım öç kendimden ürkütmekten, nefret ettirmekten başka ne işe yaradı ki?"

Auguste'ten haber alabilmek için ertesi günü sabırsızlıkla bekledim. İlk haberi alan ben oldum. Çünkü Jacques'la Louis arkadaşlarını görmeye gitmek için beni küçük arabaya koşturdular. Tam kapıya ulaştığımız zaman bir uşakla karşılaştık. Koşa koşa doktoru çağırmaya gidiyormuş. Auguste geceyi çok rahatsız geçirmiş. Çok çırpınmış, babası da korkmuş.

Jacques'la Louis doktorun gelmesini beklemek istediler. Doktor hemen geldi. Yarım saat sonra evden çıkarken, Louis ile Jacques:

— Ne haber? diye sordular. Auguste nasıl?

Doktor, ağır ağır konuşarak:

— Fena değil, fena değil, çocuklarım. Korktuğum kadar değil... dedi.

Louis:

— Ya çırpınmaları? Tehlikeli değil mi?

Doktor:

— Hayır. Sinirlerinin bozulmasından dolayı böyle olmuş. Kendisine bir hap verdim. Hemen yatışacaktır.

Jacques:

— Ölmeyecek, değil mi. Doktor Bey?

Doktor:

— Hayır, hayır! Korkacak bir şey yok. Durumu tehlikeli değil.

Louis ile Jacques:

— Ah, ne kadar sevindim! Teşekkür ederiz, Doktor Bey. Hemen gidip kardeşlerimize müjde verelim!

Doktor:

— Durun, durun bir dakika! Sizi getiren eşek Marsıvan, değil mi?

Jacques:

— Evet, Marsıvan.

Doktor:

— Aman, dikkat edin! Auguste'e yaptığı gibi sizi de

bir çukura fırlatabilir. Ninenize söyleyin, onu satsın. Tehlikeli bir hayvan bu Marsıvan!

Doktor, selam vererek, gitti. Öylesine şaşırmış, üzülmüştüm ki ancak efendilerim üç defa tekrarladıktan sonra yola çıkmayı akıl edebildim.

— Hadi, Marsıvan, gidiyoruz! diyorlardı. Marsıvan, hadi, acelemiz var... Bizi burada mı yatıracaksın bu gece? Marsıvan deeehh!

En sonunda, yola koyuldum. Eve kadar hızla geldim. Merdivenin basamaklarında bütün aile haber bekliyordu.

Jacques'la Louis, "İyileşmiş!" diye uzaktan bağırdılar.

Doktorla konuşmalarını anlattılar, adamın verdiği son öğüdü söylemeyi de unutmadılar. Ninelerinin vereceği kararı sabırsızlıkla bekliyordum.

Yaşlı kadın bir dakika düşündü. Sonra:

— Sevgili yavrularım, Marsıvan artık güvenimize layık olacak şekilde davranmıyor, dedi. İçinizden en küçüklerin ona binmelerini uygun bulmuyorum. Yapacağı ilk kötü, saçma davranışı üzerine onu değirmenciye vereceğim. Un torbalarını taşısın, ancak bir süre daha deneyeceğim. Belki iyi huylu olmaya çalışır. Birkaç ay daha bekleyelim, bakalım nasıl olacak?

Gitgide üzgün, pişman, kalbim kırık geziyordum. Kendi kendime yaptığım bu kötülüğü ancak sabırla, tatlılıkla, zamanla tamir edebilecektim. Gururum kırılmış, sevilmez olmuştum.

Ertesi gün Auguste'ten gelen haberler çok daha iyiydi. Birkaç zaman sonra da ayağa kalktı. Artık şatoda onunla pek ilgilenen yoktu. Ben ise olayları unutamıyordum. Çünkü büyükler çocuklara hep, "Marsıvan'a dikkat et! Auguste'e yaptıklarını unutma!" diyorlardı.

## XXIII
## USLU EŞEK

Dikenli dalların arasından koşarak, Auguste'ün yüzünü yırttığım, onu çamurla dolu çukura attığım günden beri küçük efendilerimin, anne babalarının, ev halkının bana karşı davranışlarındaki değişiklik fark edilmeyecek gibi değildi. Hayvanlar bile bana eskisi gibi davranmıyorlardı. Benden kaçıyorlar, ahıra girince uzaklaşıyorlardı. Ben yanlarındayken susuyorlardı. Çomar'ı anlatırken söylemiştim ya... Biz hayvanlar insanlar gibi konuşmadan da anlaşabiliriz. Gözlerimizin, kulaklarımızın, kuyruğumuzun oynayışı bizde söz yerine geçer.

Bu değişikliğin nedenini de pek iyi biliyordum. Üzülmekten çok da sinirleniyordum. Derken, günün birinde, her zamanki gibi, tek başıma çam ağacının dibine uzanmış, yatarken, Henri ile Elisabeth'in yaklaştıklarını gördüm.

Gelip oturdular, konuşmalarına devam ettiler:

Elisabeth:

— Haklısın Henri. Ben de duygularını paylaşıyorum. Auguste'e karşı kötü davrandığı günden beri, ben de Marsıvan'ı artık sevmiyor gibiyim.

Henri:

— Yalnız Auguste'e karşı mı? Panayırı unuttun mu? Bilgin eşeğin sahibine neler yaptı!

Elisabeth:

— Hah, hah, hah! Çok iyi hatırlıyorum elbette! Ne tuhaftı, değil mi? Herkes katılıyordu gülmekten. Ama hepimiz de çok akıllıca davrandığını kabul etmiştik.

Henri:

— Evet, öyle. Ama hiç acıması da yoktu. Zavallı eşeğe hakaret etti, sahibini de on paralık hale getirdi. Zavallı buradan gitmek zorunda kalmış. Hiç de para kazanamamış çünkü herkes onunla alay etmiş. Giderken de ka-

rısıyla çocuğu ağlıyorlarmış, ekmek alacak paraları yokmuş çünkü.
Elisabeth:
— İşte bütün bunlar hep Marsıvan'ın yüzünden!
Henri:
— Marsıvan olmasaydı, zavallı adam birkaç haftalık parasını kazanıp öyle giderdi buradan.
Elisabeth:
— Ya eski sahiplerinde yaptığı kötülükler! Sebzeleri yiyormuş, yumurtaları kırıyormuş, çamaşırları kirletiyormuş... İşte ben de senin gibi artık onu sevmez oldum.

Artık beni kimse sevmez olmuştu. Yapayalnızdım. Beni avutmak için kimse yanıma gelmiyordu. Kimse beni okşamıyordu. Hayvanlar bile benden kaçıyorlardı.

"Ne yapmalıyım?" diye kendi kendime soruyordum. Konuşabilseydim, gidip herkese ne kadar pişman olduğumu açıklayacaktım. Kötülük yaptıklarımdan özür dileyecektim. Bundan sonra çok iyi olacağıma söz verecektim... Ne yazık ki derdimi anlatamazdım... Konuşamıyordum ki...

Kendimi çimenlerin üzerine atarak ağlamaya başladım, insanlar gibi gözyaşı dökerek değil; içimden. Ağlıyor, felaketimi düşünerek, inliyordum. İlk defa olarak da çok içten pişmanlık duydum.

"Ah, iyi bir hayvan olsaydım! Akıllı olduğumu göstermeye çalışacağıma, iyi kalpliliğimi, tatlılığımı, sabrımı belirtseydim! Pauline'e karşı olduğu gibi, herkese karşı da iyi, tatlı davransaydım... Beni nasıl severlerdi, ben de nasıl mutlu olurdum!"

Uzun, çok uzun zaman düşündüm. Kah iyi, kah kötü şeyler tasarlıyordum.

Sonunda, iyi olmaya karar verdim. Efendilerimin, bütün arkadaşlarımın dostluğunu yeni baştan kazanacaktım. Hemen de bu kararımı denemek istedim.

Birkaç zamandan beri yeni bir arkadaşım vardı. Auguste'ü çamurda boğmaya kalktığım günden beri, benden çekindikleri için, küçükleri sırtıma bindirmiyorlardı. Onlara ayrı bir eşek almışlardı. Eşeklerle gezintiye çıkıldığı zaman de, yalnız Jacques beni istiyordu. Oysa vaktiyle benim yüzümden, "Sen bineceksin, ben bineceğim!" diye ne kavgalar olurdu!

Bu arkadaşı hiç sevmiyor, kendisine karşı hep kötü davranıyordum. Hep önüne geçmeye çalışırdım. O beni geçmek isterse, çifte atar, ısırırdım. Zavallı hayvan ister istemez her zaman yerini bana vermeye alıştı. Hep bana boyun eğiyordu.

Akşamüzeri, ahıra girme saati gelince, kapının yanında durup bekledim. Arkadaşım, önden girmem için, hemen yol verdi. Ben durdum, önden onun geçebileceğini işaretle belirttim. Zavallı eşek titreyerek sözümü dinledi. Bu nezaketimi yadırgamış, korkmuştu. Çünkü önüme geçmesine müsaade etmemi, ancak, ısırmak ya da çifte atmak için bir bahane olarak karşılamıştı. Sağ salim kendisini yerinde bulunca şaşırdı.

Ben de kendi yerime geçmiştim. Şaşkınlığını görünce:

— Kardeşim, sana karşı çok kötü davrandım, biliyorum, dedim. Bundan sonra değişeceğim. Kendini beğenmiş biriydim, bundan sonra olmayacağım. Seni hor gördüm, sana karşı kötü davrandım ama artık böyle şeylerle karşılaşmayacaksın. Beni bağışla, kardeşim. Artık beni bir arkadaş, bir dost gibi gör.

Zavallı eşek, sevinçle:

— Teşekkür ederim, kardeşim, dedi. Çok üzgündüm, artık çok mutlu olacağım. Çok durgundum, neşeli olacağım. Kendimi pek yalnız buluyordum, sevildiğimi, korunduğumu bileceğim. Bir kere daha teşekkür ederim, kardeşim. Beni sev çünkü ben seni şimdiden seviyorum.

— Ben de sana teşekkür ederim, kardeşim. Sana karşı pek kötü davrandığım halde beni bağışlıyorsun, iyi duygular beslemeye başladığımı söylüyorum, kabul ediyorsun.

Seni sevmek istiyorum, sen de bana dost elini uzatıyorsun. Evet, kardeşim, ben de teşekkür ederim.

Akşam yemeğimizi yiyerek, konuşmaya devam ettik. İlk defa böyle konuşuyorduk çünkü o zamana kadar ona bakmaya bile tenezzül etmemiştim. Şimdi onu kendimden çok daha iyi, çok daha uslu buluyordum. Seçtiğim yolda benden yardımını esirgememesini rica ettim. Sevgiyle, alçakgönüllülükle söz verdi.

Atlar, bizim bu konuşmamızı, alışkın olmadıkları için tatlılığımı görünce birbirlerine, sonra da şaşkınlıkla bana baktılar. Yavaş konuştukları halde söylediklerini işitiyordum:

Birinci at:

— Bu da Marsıvan'ın yeni bir kurnazlığı! Kim bilir arkadaşına ne gibi bir kötülük yapmak niyetinde!

İkinci at:

— Zavallı eşek! Acıyorum ona. Düşmanına karşı gözünü dört açmasını acaba söylesek mi dersin?

Birinci at:

— Hemen söyleyemeyiz. Hem, yavaş konuş. Marsıvan haindir. Bizi duyacak olursa öç almaya kalkışır.

Bu iki atın hakkımdaki kötü düşüncelerine çok üzüldüm. Üçüncüsü hiç ağzını açmamıştı. Yalnız, başını bölmesinden uzatmış, dikkatle beni süzüyordu. Ben de ona üzgün bir halle, alçakgönüllülükle baktım. Şaşırmıştı ama yine de yerinden kımıldamadı. Sessiz sessiz, beni süzdü durdu.

Günün yorgunluğu, duyduğum üzüntü, pişmanlık yüzünden yorgun bir halde, otların üzerine uzandım. Yatağım arkadaşımınki kadar iyi, kabarık değildi. Eskiden olsa kızardım. Şimdi ise bu durumu çok doğru, yerinde buldum.

Kendi kendime, "Kötülük ettim, beni cezalandıracaklar elbette," diyordum. "Kendimden nefret ettirdim, bunu bana çektirecekler. Değirmene gönderilmediğim için kendimi mutlu saymalıyım. Orada dövülecek, yorgun düşecektim. Yatacak rahat yerim de olmayacaktı."

Birkaç dakika inledikten sonra, uyuyakaldım. Uyandığım zaman arabacının ahıra girdiğini gördüm. Bir tekme atarak, beni ayağa kaldırdı. Yularımı çözüp, beni serbest bıraktı. Kapıda durdum. Adam, arkadaşımı tımar edip özenle fırçaladı, ponponlu başlığımı ona taktı, sırtına benim eyerimi geçirdi, sonra aldı merdivene doğru götürdü.

Kaygı içinde, heyecandan titreyerek, onların peşinden gitmeye koyuldum. Sevgili, genç efendim Jacques'ın arkadaşıma yaklaştığını görünce perişan oldum. Acımın, hayal kırıklığımın derecesini anlatamam.

Küçük, iyi kalpli Jacques, üzüntümü fark etmiş olmalı ki, yanıma yaklaştı, başımı okşayarak, üzgün bir sesle:

— Marsıvancığım, dedi, gördün mü yaptıklarını? Artık sırtına da binemiyorum. Annemle babam beni yere fırlatırsın diye korkuyorlar. Allahaısmarladık, zavallı Marsıvan! Merak etme, seni ben her zaman severim.

Ağır ağır, arabacının peşinden yürüyüp gitti. Arabacı da bağırıyordu:

— Dikkat et, Küçükbey! Marsıvan'ın yanında durma! Hain eşek ısırabilir!

Jacques:

— Bana karşı hiçbir zaman hainlik etmedi o, dedi. Bundan sonra da etmez.

Arabacı arkadaşım eşeğe değnekle dokundu; o da, koşmaya başladı. Kısa zaman içinde onları gözden kaybetmiştim. Ben yerimden kımıldayamıyordum. İyice üzüntüye gömülmüştüm.

Üzüntümü bir kat daha artıran da pişmanlığımı, iyi niyetlerimi belirtememekti. Kalbimin bastıran ağırlığına artık dayanamayarak, nereye gittiğimi bilemeden, koşmaya başladım.

Uzun zaman koştum. Çitleri devirerek, çukurları atlayarak, tahta perdeleri aşarak, dereleri geçerek, koştum,

koştum... Ancak yıkamadığım, aşamadığım bir duvara rastlayınca, durmak zorunda kaldım.

Etrafıma bakındım. Neredeydim acaba? Çevreyi tanır gibi olmuştum ama nerede olduğumu bilemiyordum. Duvar boyunca ağır ağır yürüdüm çünkü ter içindeydim. Güneşin ilerlemesinden, kaç saat yürüdüğümü de anlayabilirdim. Duvar birkaç adım sonra sona eriyordu. Köşeyi döndüm, ürkerek, şaşkın şaşkın geriledim. Pauline'in mezarından iki adım ötedeydim! İçimdeki acı daha da arttı.

"Pauline, sevgili hanımım!" diye bağırdım. "Sen beni seviyordun çünkü ben iyi kalpli bir eşektim. Ben de seni iyi kalpli, mutsuz olduğun için seviyordum. Seni kaybettikten sonra, yine senin gibi iyi kimselerle karşılaştım. Onlar da bana dostluk gösterdiler. Mutluydum. Şimdi ise her şey değişti. Kötü huyum, zekamı belirtmek, öç alabilmek kaygısı mutluluğumu alt-üst etti. Artık beni kimse sevmiyor. Ölecek olsam, kimse acımayacak."

İçimden acı acı ağladım. Yüzüncü defa olarak, kusurlarımı düşünüp kendi kendime kızıyordum. Derken, bir düşünce bana biraz cesaret verdi: "Yeniden iyileşirsem, yaptığım kötülük kadar iyilik edecek olursam, genç efendilerim beni yine eskisi gibi severler. Hele küçük Jacques'ım, şimdi bile beni biraz sevmekte devam ettiğine göre, dostluğunu benden hiç esirgemeyecektir. Yalnız, değiştiğimi, pişmanlık duyduğumu nasıl göstereceğim onlara?"

Ben bunları düşünürken, ağır adımlarla birinin yaklaştığını duydum. Bir erkek sesi de alaylı alaylı sordu:

— Neden ağlıyorsun, sersem? Gözyaşları sana ekmek sağlamaz, öyle değil mi? Sana verebilecek bir şeyim yok, ne yapayım! Dün sabahtan beri midem havadan, tozdan başka bir şey bulamadı. Ben tok muyum sanıyorsun?

— Çok yoruldum, babacığım.

— Peki, şu duvarın gölgesinde bir çeyrek saat kadar dinlenebiliriz.

Duvarın köşesini döndüler, benim bulunduğum mezarın yakınına oturdular. Nazlı'nın sahibiyle, karısı ve oğlunu hemen tanıdım. Hepsinin sıskası çıkmış, pek yorgun bir hale gelmişlerdi.

Adam bana baktı. Şaşırmıştı. Biraz duraladıktan sonra:

— Gözlerim iyi görüyorsa, bana panayırda elli frank kaybettiren sersem eşek bu! dedi.

Sonra bana döndü:

— Alçak hayvan! diye bağırdı. Senin yüzünden, Nazlı'yı seyirciler kovaladı. Bir ay kadar geçinmemizi sağlayacak parayı kazanmamıza engel oldun! Bütün bunları ödeteceğim ben sana!

Ayağa kalktı, bana yaklaştı. Adamın öfkesini hak etmiştim, bunu biliyordum. Şaşırmış gibi göründü.

— Acaba o değil mi? dedi. Odundan farksız, yerinden kıpırdamıyor...

Sonra da sırtıma, bacaklarıma dokundu.

— Güzel bir eşek! diye söylendi. Bir ay kadar yanımda kalabilse, hiçbirimiz ekmeksiz kalmayız.

Hemen kararımı vermiştim. Bu adamın peşinden gidecek, yaptığım kötülükleri tamir edecektim. Böylece, bütün aile karınlarını doyuracak kadar para kazanacaklardı.

Yürümeye başladıkları zaman ben de peşlerinden gittim. Önce farkına varamadılar. Adam birkaç defa başını çevirip de arkalarından geldiğimi görünce, beni kovmak istedi. Ben de durmadan peşlerinden gidiyor, ya da yanlarına yaklaşıyordum.

Adamcağız:

— Amma da tuhaf şey! dedi. Bu eşek bizimle gelmekte ayak diretiyor. Madem bizden ayrılmak niyetinde değil, bırakalım gelsin.

Kasabaya ulaştığımız zaman, bir hancıyla konuşarak, cebinde bir kuruş bile olmadığını söyledi, yiyecek, yatacak yer istedi.

Hancı:

— Yerli dilenciler bana yetip de artıyor bile? dedi. Yabancıları da bunlara ekleyemem. Git başka bir yerde yatacak yer ara!

Hemen hancının yanına koştum, onu güldürecek şekilde birkaç defa selamladım.

Hancı gülerek:

— Hiç de aptala benzemeyen bir hayvanınız var! dedi. Bize birkaç gösteri yaptırırsanız, size yiyecek de veririm, yatacak yer de.

Adam:

— Kabul! dedi. Size bir temsil verebiliriz. Yalnız, aç karnına olamaz.

— Girin içeri. Hemen yemek hazırlanacak. Madelon, üçüne de iyi bir yemek ver. Eşeği de unutmazsın elbet.

Hancının karısı onlara nefis bir çorba verdi. Bir dakikada yalayıp yuttular. Arkasından da lahanalı et haşlaması yediler. En son olarak da salata ile peynir. Artık eskisi gibi tabaklara saldırmıyorlardı. Karınları iyice doymuştu.

Bana da bir demet yulaf verdiler. Pek az yiyebildim. Hem çok üzgündüm, hem de aç değildim.

Hancı bütün kasaba halkını çağırdı. Benim selam verişimi göstermek istiyordu. Avlu insanla doldu. Yeni sahibim beni dairenin içine soktu. Neler bildiğimden, bilgin eşek terbiyesi alıp almadığımdan haberi olmadığı için sıkıntı içinde kaldığını görüyordum. Aklına geldiği gibi emretti:

— Seyircileri selamla!

Sağa, sola, öne, arkaya selam verdim. Seyirciler nasıl alkışlayacaklarını bilemiyordu.

Adamın karısı, alçak sesle:

— Şimdi ne yaptıracaksın? Ne istediğini bilemeyecek ki... dedi.

— Belki öğrenmiştir. Eşekler akıllı olur. Bakalım bir deneyeyim.
— Hadi, Nazlı...
Bu adı duyunca iç çektim.
— Seyirciler arasındaki en güzel hanımı git de kucakla.
Sağa, sola baktım. Herkesin arkasında oturan, on beşon altı yaşlarındaki esmer güzeli kız, hancının kızı gözüme ilişti. Ona doğru yürüdüm. Yolumun üzerindekileri başımla gerilettim. Burnumu kızın alnına dayadım. Güldü, çok memnun olduğunu belirtti.
Birkaç kişi, gülerek:
— Hufter Baba, siz buna ders vermişsiniz, değil mi? dediler.
Hufter Baba:
— Namusum üzerine yemin ederim ki, böyle bir şey beklemiyordum, doğrusu! dedi.
Adam, yine bana:
— Nazlı, dedi, şimdi de git bir şeyler ara, ne bulursan götür kalabalığın içindeki en fakir adama ver, dedi.
Yemek odasına doğru gittim. Bir büyük parça ekmek yakalayarak, büyük zafer kazananların edasıyla, götürüp yeni efendime verdim. Ahali gülmekten katılıyordu. Alkış sesiyle ortalığı çınlattılar.
Biri bağırdı:
— Hufter Baba, bu bilgiyi ona veren siz değilsiniz. Bu eşek gerçekten bilgin. Efendisinin derslerinden çok yararlanmış.
Kalabalığın arasından bir ses duyuldu:
— Ekmeği kendisine bırakacaksın, sonunda?
Hufter Baba:
— Hey, eşekli adam! diye seslendi. Anlaşmamızda bu yoktu. O ekmeği geri ver!
Adam:
— Haklısınız, dedi. Yalnız, eşeğim de buradaki en fa-

kir adam olarak beni göstermekte çok haklıydı. Çünkü dün sabandan beri, ne karım, ne oğlum, ne de ben ağzımıza bir lokma ekmek koymamıştık. O kadarcık bir şey alacak bile param yoktu.

Henriette, Hufter Baba'nın kızı da söze karıştı:

— Babacığım, bu ekmek parçasını onlara bırak. Ekmek sandığımız hiçbir zaman boş kalmıyor. Tanrı bize verdiğimizin yerine daha çoğunu kazandıracaktır.

— Sen hep böylesin, Henriette. Seni dinleyecek olsak, neyimiz var, neyimiz yok hepsini vereceğiz.

— Öyle yaptık da fakir mi düştük, Babacığım? Tanrı'ya şükür, kazancımız yerinde, evimiz de hiçbir şeyden yoksun kalmamıştır.

— Peki, madem sen öyle istiyorsun, ekmeği geri vermesin, istemiyorum.

Bu sözler üzerine hancının yanına gidip onu saygı ile selamladım. Sonra da, boş bir kap alarak, para toplamak için, seyircilerin her birinin önünde durdum. Topladığım paralarla kap dolmuştu. Efendimin avcuna kabı boşalttım, sonra da gidip aldığım yere kabı bıraktım.

Halk yine beni çılgınca alkışlıyordu. Ben de, son derece ciddi, selam verip yerime çekildim.

İçim rahatlamıştı. İyi niyetimi göstermiştim. Yeni efendim de sevinç içindeydi.

Tam gitmek üzereyken, halk bizden ertesi gün için bir gösteri daha istedi. Adam heyecanla kabul etti, eşi ve oğlu ile dinlenmek üzere, salona geçti.

Yalnız kaldıkları zaman kadın etrafına bakınıp, benden başka kimse olmadığını görünce, kocasına eğilerek, alçak sesle:

— Bana bak, Kocacığım, dedi. Çok tuhaf bir şey, değil mi? Mezarlıktan çıkan bu eşeğin kendi isteğiyle peşimizden gelmesi, bize para kazandırması... Şaşılacak şey! Kaç para var elinde?

Adam:

— Daha saymadım, dedi. Al bir avuç, sen say, bir avuç da ben sayayım.

Kadın saydıktan sonra:

— Sekiz frank, dört metelik, dedi.

Adam:

— Bende de yedi elli. Ne eder?.. Hepsi ne kadar eder, Karıcığım?

Kadın:

— Ne kadar mı eder? Sekiz, yedi daha, on beş eder. Dört daha, on dokuz. Elli daha... dur bakayım... Altmış dokuz!

Adam:

— Amma da sersemsin!.. Elimizde altmış dokuz frank mı var demek istiyorsun? Olamaz! Hadi, bakalım, oğul, sen hesap et. Okumuş çocuksun, böyle şeyleri bilmen gerek.

Oğlan:

— Ne dedin, Babacığım?

Adam:

— Bir elimde sekiz frank, dört metelik, ötekinde de yedi frank elli var. Hepsi ne eder?

Oğlan:

— Sekiz, dört daha on iki eder, elde bir, yedi daha, eder yirmi, elde iki. Elli daha... elli... elli iki, elde var beş...

Adam:

— Salak Oğlan! Bir elimde sekiz öteki elimde yedi olursa, nasıl elli eder?

Oğlan:

— Bir de elli var ya, baba!

Adam, oğlunun taklidini yaparak:

— Bir de elli var, baba!.. Görmüyor musun, koca budala! Elli santim bu, elli frank değil! Santimler frank olarak hesaplanmaz!

Oğlan:
— Baba, yine de elli sayılır.
Adam:
— Elli ama, ne? Ne budala oğlansın sen! Sana elli tokat atsam, onu da elli frank mı sayarsın?
Oğlan:
— Hayır, baba... Ama, yine de elli eder!
Adam:
— İşte sana peşin olarak bir şamar!.. diyerek, bütün evi çınlatan bir tokat savurdu çocuğa.
Oğlan ağlamaya başladı. Ben buna pek kızdım. Bu yavrucak sersemse, kendi suçu muydu ki?
"Bu adam benim acımama layık değil," diye düşündüm, "işte elinde bir hafta yiyecek kadar para var. Yarın da gösteri yapıp kazanmasına yardım ederim ama sonra eski efendilerimin yanına dönerim. Belki beni dostça karşılarlar."
Pencerenin önünden çekilerek biraz öteye gittim, bir çukur kenarında bitmiş olan dikenli otları yemeye koyuldum. Sonra hanın ahırına girdim. Orada en iyi yerleri almış birkaç at vardı. Hiç kimsenin beğenmediği bir köşeye büzüldüm. Rahatça düşünebilecektim orada. Çünkü kimse beni tanımıyor, kimse benimle ilgilenmiyordu.
Akşam olunca Henriette ahıra geldi, hayvanlara birer birer bakıp, bir şeye ihtiyaçları olup olmadığını öğrenmek istedi. Rutubetli, karanlık köşemde, yulafsız, otsuz, yatacak yersiz duruyordum. Beni bu halde görünce, hemen uşaklardan birini çağırdı.
— Ferdinand, dedi, şu zavallı eşeğe biraz saman getir de ıslak toprakta yatmasın. Önüne de yulafla ot koy. Suya da ihtiyacı vardır sanırım.
Ferdinand:
— Babanızı iflas ettireceksiniz, Küçükhanım. Herkese karşı çok iyi davranıyorsunuz. Size ne bu hayvanın yu-

muşak ya da sert bir yerde yatmasından? Onun için harcanacak samana yazık!

Henriette:

— Seninle ilgilendiğim zaman hiç de gerektiğinden çok iyi olduğumu söylemiyorsun. Burada herkese iyi bakılmasını isterim ben. İster insan olsun, isterse hayvan!

Ferdinand, kurnaz bir tavırla:

— İki ayak üzerinde yürüdükleri halde, hayvan sayılabilecek pek çok insan olduğunu da unutmamak gerekir, dedi.

Henriette, gülümsedi:

— İşte bu yüzden bazı sersemlere, "ot yiyecek hayvan" diyorlar ya...

Ferdinand:

— Size ot ikram edecek değilim ya, Küçükhanım, dedi. Siz çok zekisiniz... hem de ne zeki!.. Üstelik, maymun kadar da muzipsiniz!..

Henriette, gülerek:

— İltifatına teşekkür ederim, Ferdinand, dedi. Peki, ben maymunsam ya sen nesin?

Ferdinand:

— Ah, Küçükhanım, ben sizin maymun olduğunuzu söylemedim! diye haykırdı. Maksadımı iyi anlatamadımsa, siz de beni bir eşek, bir budala, bir kaz olarak görebilirsiniz.

Henriette:

— Yok canım! O kadar da değil, Ferdinand! dedi. Yalnız, çalışması gerektiği zaman gevezelik eden birisin. Ciddi bir tavır takındı. Hemen eşeğin yatağını hazırlayıp yiyeceğini, içeceğini de getir.

Kız çıkıp gitti. Ferdinand da, homurdanarak, hanımının emirlerini yerine getirdi.

Yatacağım yeri hazırlarken, birkaç kere vurdu bana. Bir demet kuru otla, bir avuç da yulaf attı önüme. Yanıma da bir kova su bıraktı.

Bağlı değildim, kaçabilirdim ama biraz daha acı çekmem gerekiyordu. Ertesi gün bir gösteri daha yapmak istiyordum. Böylelikle başladığım iyi davranışları sonuna kadar götürmek niyetindeydim.

Ertesi gün beni ahırdan çıkardılar. Efendim beni tıklım tıklım dolu geniş meydana götürdü. Sabahleyin, davul çalarak, kasabada ilan etmişlerdi:

— Bu akşam Nazlı adında bir bilgin eşeğin gösterisi var! Akşam saat sekizde belediye binasıyla okulun karşısındaki meydana gelin!

Bir gün önceki marifetlerden sonra ayrıca, pek zarif hareketlerle dans numaraları da yaptım. Vals, polka... Ferdinand'ın da önünde durup anırarak, ön ayağımı uzatıp, sanki valsa davet eder gibi yaptım. Önce reddetti ama, "Eşekle bir vals, bir vals!" diye her yandan bağrıştıkları için, o da ortaya çıktı, gülerek, hopladı, zıpladı. Ben de onu taklide çalışıyordum.

Sonunda yoruldum. Ferdinand'ı tek başına zıplamaya bıraktım. Yine bir gün önceki gibi boş bir kap aramaya koyuldum. Bulamayınca da, kapaksız bir sepeti dişlerimin arasına sıkıştırıp seyircilerin her birinin önünde durdum. Çok çabuk doldu. Gittim efendim sandıkları adamın gömleğinin eteğine boşalttım.

Herkesin vereceği bittikten sonra, seyircileri selamladım. Sonra adamın paraları saymasını bekledim. Otuz dört franktan çok para toplamıştım. Yeter derecede iyilik etmiş, yaptığım kötülüğün acısını çıkarmıştım. Efendimi de selamladım. Artık evime dönebilirdim. Kalabalığı yarıp, dörtnala koşmaya başladım.

Hancı Hufter:

— Hele şuraya bakın, eşeğiniz gidiyor, diye bağırdı.

Ferdinand da:

— Amma da güzel kaçıyor! diye haykırdı.

Sonra sözde efendim bana seslendi:

— Nazlı! Nazlı!
Durmadığımı fark edince, acıklı bir sesle haykırdı:
— Durdurun şunu, durdurun!.. Ekmeğimi, hayatımı alıp götürüyor! Koşun, yakalayın! Geri getirecek olursanız, bir gösteri daha yaptırırım!
Bir adam:
— Bu hayvanı nerede buldunuz? diye sordu. Ne zamandan beri yanınızda?
Sözde sahibim:
— Yanımda olduğundan beri, dedi.
Adam:
— Evet ama ne zamandan beri? diye bir daha sordu.
Sözde sahibim susuyordu.
Adam:
— Soruyorum çünkü kendisini tanıdığımı sanıyorum, dedi. Bizim köydeki şatonun Marsıvanına çok benziyor. Değilse çok şaşarım, doğrusu!
Ben de durmuştum. Yeni efendimin sıkıntıya girdiğini görüyordum. En beklenmedik bir anda, kalabalığın arasından sıyrılarak, benim gittiğim yönün tersine doğru kaçmaya başladı. Karısıyla, çocuğu da arkasından!
Kimisi onların peşinden koşmak istedi, kimisi de nasıl olsa ben kaçtığım için aldırmıyorlardı.
— Yanında götürebildiği ancak kendisine ait paralar. Başka bir şey yok, dediler.
O parayı da ben kendisine dürüst bir şekilde kazandırmıştım.
— Marsıvan'a gelince, dediler, yolunu bulmakta zorluk çekmeyecektir. Kendisi istemedikçe de kimse onu kaçıramaz.
Kalabalık dağıldı, herkes evine girdi. Gece olmadan eski sahiplerimin evine ulaşmak üzere, durmadan koşuyordum. Yalnız, yol uzundu, ben de yorgundum. Bu yüzden, şatoya bir fersah kala, dinlenmek zorunda kaldım.

Gece olmuştu. Artık ahırların kapısı da kapanmıştı muhakkak. Bir dere kıyısındaki çam ormanında geceyi geçirmeye karar verdim.

Yosundan yatağımın üzerine daha yeni uzanmıştım ki, bir ayak sesi, alçak sesle bir konuşma duydum. Etrafıma bakındım, bir şey göremedim. Ortalık çok karanlıktı. Kulaklarımı iyice dikerek işitmeye çalışınca, konuşulanları iyice duydum.

## XXIV
### HIRSIZLAR

— Daha iyice gece olmadı, Cingöz! Bu ormanda bir süre daha saklansak çok iyi olur.

— Öyle ama. Maymuncuk, buraları biraz olsun tanıyabilmek için biraz aydınlık ister. Ben kendi hesabıma giriş kapılarını inceleyemedim.

— Sen zaten hiçbir şeyi inceleyemezsin! Arkadaşların sana Cingöz adını takmaları çok büyük hata, doğrusu! Ben olsam Lapacı derdim sana!

Cingöz:

— Öyle ama her zaman da en parlak fikirleri ben atarım ortaya.

Maymuncuk:

— Parlak fikirler! Her zaman iyi olmaz... Şatoda ne yapacağız?

Cingöz:

— Ne mi yapacağız? Sebze bahçesini soyacağız yahu! Enginarların tepelerini kesip bezelyelerin kabuklarını çıkarmak, fasulyeleri, pancarları, havuçları toplamak, yemişleri koparmak... İşte bütün bu işler... Az mı?

Maymuncuk:

— Daha?

Cingöz:

— Daha ne demek? Hepsini çıkın yapıp, duvarın üstünden atar, değirmen pazarına götürüp satarız.
Maymuncuk:
— Ya bahçeye nereden giriyoruz, sersem?
Cingöz:
— Duvardan atlarız. Elbette merdiven de kullanacağız... Yoksa, bahçıvana gidip nazik bir tavırla, anahtarlarıyla aletlerini istememi daha mı uygun bulurdun acaba?
Maymuncuk:
— Hadi sen de! Saçma şakalar yapma! Duvarın hangi noktasından tırmanacağımızı belirten bir işaret koydun mu? Onu öğrenmek istiyorum.
Cingöz:
— İşaret falan koymadım. İşte bu yüzden, önden gidip etrafı incelemek niyetindeyim.
Maymuncuk:
— Ya seni gören olursa, ne diyeceksin?
Cingöz:
— Bir bardak elma şarabıyla bir parça da ekmek istediğimi söylerim.
Maymuncuk:
— Böyle şey olmaz! Benim daha iyi bir fikrim var. Ben sebze bahçesini bilirim. Duvarın aşınmış bir yeri var. Açılmış kısımlarına ayaklarımı basa basa duvarın üstüne çıkarım. Bir merdiven bulur, sana uzatırım. Çünkü sen kolay kolay tırmanamazsın.
Cingöz:
— Evet, benim soyumda senin gibi kedilik yok!
Maymuncuk:
— Ya biri gelip de bizi rahatsız ederse?..
Cingöz:
— Sen de amma çocuksun?.. Birisi gelip de beni rahatsız edecek olursa, ben de onu rahata kavuştururum!
Maymuncuk:
— Ne yaparsın, ne yaparsın?

Cingöz:

— Karşıma köpek çıkarsa, boğazlarım. Keskin bıçağımı yanıma boşuna almadım ya!

Maymuncuk:

— Ya insan çıkarsa karşına?

Cingöz kulağını kaşıyarak:

— İnsan çıkarsa... o zaman iş değişir? dedi. İnsan zor duruma sokar beni. Bir adamı da, bir köpek gibi öldüremem ya?.. Değeri olan bir şey olsa, hadi neyse, ama sebze için yapılmaz, doğrusu. Üstelik, o şato da tıklım tıklım insan dolu...

Maymuncuk:

— Peki, ne yaparsın, sen onu söyle!

Cingöz:

— Kaçarım besbelli. En uygun çare bu...

Maymuncuk:

— Sen alçağın birisin! Biliyor musun, bir insan görür, ya da duyacak olursan, bana haber ver. Ben onun hesabını görürüm.

Cingöz:

— Zevkine göre davran sen. Benim zevkim başka...

Maymuncuk:

— Yapacağımızı kararlaştırdık, değil mi? Geceyi bekleyip, sebze bahçesinin duvarına yaklaşacağız. Sen bir ucunda durur, gelen giden var mı diye bakarsın. Ben de öteki uca yaklaşır, sana merdiveni uzatırım. Sen de benim yanıma gelirsin.

Cingöz:

— Tamam! dedi. Sonra arkasına dönüp, merakla etrafı dinledi. Şuradan bir kıpırtı işittim. Acaba birisi mi var? diye alçak sesle sordu.

Maymuncuk:

— Ormana kim saklanacak sanki? dedi. Sen hep böyle korkarsın. Ya karakurbağadır ya da yılan.

Başka bir şey söylemediler. Ben hiç kıpırdamıyordum.

Yalnız, hırsızların içeri girmelerine nasıl engel olacağımı, onları nasıl yakalatacağımı düşünmekteydim.

Kimseye haber veremeyeceğim gibi, sebze bahçesine girmelerine de engel olamazdım.

Bir an düşündükten sonra, hırsızların çalışmalarına engel olacak, onları kolaylıkla yakalatacak bir çare bulmakta gecikmedim. Gitmelerini beklemeye karar verdim. Ben de arkalarından yola düzülecektim. Yalnız, kalkarken yapacağım gürültüyü işitemeyecekleri kadar uzaklaşmadan da yerimden kımıldamak istemiyordum.

Ortalık kapkaranlıktı. Hızlı yürüyemeyeceklerini biliyordum. Çitlerin üzerlerinden atlayarak, kısa bir yol seçtim. Böylece de onlardan çok daha önce sebze bahçesinin duvarına ulaştım. Duvarın gedikleri bulunan kısmını biliyordum. O noktaya gelince, duvara iyice yapıştım. Beni kimse göremezdi.

Bir çeyrek saat kadar bekledim. Gelen, giden olmadı. Sonra, hafif ayak sesleri, bir fısıltı işittim. Usul usul yaklaşıyorlardı. Ayak sesleri bana doğru geliyordu. Maymuncuk olsa gerekti bu. Öteki ayak sesleri de duvara doğru uzaklaşıyordu. Giriş kapısına doğru gidiyordu. Bu da, Cingöz olacaktı. Hiçbir şey görmüyordum. Birkaç taş düştü. Maymuncuk ayakla basılacak kadar büyük delikler açılan duvarın hizasına gelince, el ve ayaklarının yardımıyla, duvara tırmanmaya başladı. Hiç kımıldamıyordum. Soluk bile almaktan çeki-niyordum.

Başımın hizasına kadar tırmanınca, duvara hızla yanaşıp bacağından yakalayarak, kuvvetle aşağıya doğru çektim. Ne olduğunu anlamaya zaman bulamadan kendini yerde buldu. Düşmenin tepkisiyle başı dönmüş, taşlar ötesini berisini yaralamıştı. Bağırıp, arkadaşını çağırmasına engel olmak için de, başına hızla bir tekme attım. Hırsız artık iyice kendinden geçmişti. Sonra, hiç kımıldamadan, yanında durdum. Arkadaşının, merak ederek, gelip onu arayacağını biliyordum.

Gerçekten de, biraz sonra Cingöz'ün gürültü yapmamaya çalışarak, bize doğru geldiğini duydum. Birkaç adım atıyor, dinliyordu... Hiç ses duymayınca da ilerliyordu...

Böylece, arkadaşının yanına kadar geldi. Yalnız, duvarın üzerine, yukarılara baktığı için, onun yerde, boylu boyunca, kımıldamadan yattığını fark edemedi.

Alçak sesle:

— Hişt!.. hişt!.. Merdiven sende mi? Çıkabilir miyim? diyordu.

Öteki ise karşılık veremiyordu elbette. Duymuyordu ki! Hırsızın duvara tırmanmaya niyeti olmadığını anladım. Başını alıp gidebilirdi...

Artık durmanın sırası değildi. Üzerine saldırıp gömleğinin sırtından yakaladım. Ötekine yaptığım gibi, kafasına hızla bir tekme yerleştirdim. Aynı başarıyı elde etmiştim. O da arkadaşının yanına uzanıvermişti.

Artık yapacak başka bir şey kalmadığı için, en korkunç sesimle anırmaya başladım. Bahçıvanın kulübesine, ahırlara, şatoya doğru öylesine avaz avaz anırıyordum ki ev halkı uyandı. İçlerinden en cesurları fenerlerle, silahlarla, dışarı fırladılar.

Onlara doğru koştum. Önlerine düşerek, duvarın dibinde yatan iki hırsızın yanlarına götürdüm.

Pierre'in babası:

— İki adam var burada! Ne demek oluyor peki bu? diye sordu.

Jacques'in babası:

— Ölmemişler, soluk alıyorlar, dedi.

Bahçıvan:

— Biri inliyor.

Arabacı:

— Kan akmış. Başında yara var.

Pierre'in babası:

— Ötekinin de başında yara var. Tıpkı bir at ya da bir eşek tekmesine benziyor.
Jacques'ın babası:
— Evet, nal izi var alnında.
Arabacı:
— Beyefendiler ne emrediyorlar? Bu yaralıları ne yapacağız?
Pierre'in babası:
— Onları eve götürmeli. Arabayı da hazırlayıp doktoru alıp gelmeli. Biz de, doktor gelinceye kadar, yaralıları ayıltmaya çalışırız.
Bahçıvan bir sedye getirdi. Yaralıları yatırdılar, kışın portakal ağaçlarının korunmasına yarayan bir yere götürdüler.
Bahçıvan, ışıkta yüzlerini inceledikten sonra:
— Ben bunları tanımıyorum, dedi.
Louise'in babası:
— Belki üzerlerinde kim olduklarını belli eden kağıtlar vardır, dedi. Kişilikleri anlaşılırsa ailelerine haber verir, yaralı olduklarını, burada bulunduklarını bildirebiliriz.
Bahçıvan adamların ceplerini aradı, birkaç kağıt parçası buldu, Jacques'ın babasına verdi. İki de iyi bilenmiş, sipsivri bıçakla, bir sürü anahtar bulmuştu.
— İşte bu bayların durumları şimdi aydınlandı! diye bağırdı. Hırsızlık yapmaya gelmişler... belki de adam öldürmeye!
Pierre'in babası:
— Ben de her şeyi şimdi anlıyorum, dedi. Marsıvan'ın buraya gelmesi, durmadan anırarak bizi uyandırması meseleyi açıklıyor. Bunlar buraya hırsızlık maksadıyla gelmişler. Marsıvan da, her zamanki önsezisiyle, bunu sezmiş. Onlara engel olmak için elinden geleni yapmış, tekmeler atmış, başlarını yarmış, sonunda da bizi çağırmak için anırmaya başlamış.

Jacques'ın babası:

— Evet, çok doğru, böyle olmuş besbelli, dedi. Bu eşek bize ettiği önemli hizmetten dolayı ne kadar gururlansa azdır. Gel bana, cesur Marsıvanım benim! Artık kusurlarının hepsini bağışladık.

Mutluydum. Limonluğun önünde bir aşağı, bir yukarı dolaşıyordum, içeride de Cingöz'le Maymuncuk'u ayıltmaya çalışıyorlardı. Çok geçmeden doktor geldi ama hırsızlar daha kendilerine gelmemişlerdi. Doktor yaraları muayene etti:

— Adamakıllı vurmuşlar alınlarına! dedi. Çok küçük bir at nalının izleri belli oluyor. Bir eşek nalı da denebilir. Sonra, beni fark edince, yoksa, bizi anlıyormuş gibi yüzümüze bakan bu kötü eşeğin bir marifeti mi? diye söylendi.

Pierre'in babası:

— Bu sefer yaptığı kötülük değil... Zekasını, bize bağlılığını gösterdi. Bu adamlar hırsız. Üzerlerinden çıkan kağıtlarla bıçakları görüyor musunuz? Bakın, kağıtları okuyayım size:

*No. 1: Herp Şatosu. Çok insan var. Hırsızlık kolay değil. Sebze bahçesinden sebzeleri aşırmak daha uygun. Bol sebze, meyve var. Duvar yüksek değil.*

*No. 2: Papazın evi. Papaz yaşlı. Silah yok. Hizmetçisi de yaşlı, sağır. Kilisedeki ayin sırasında içeri girmek uygundur.*

*No. 3: Sourval Şatosu. Sahibi evde yok. Karısı tek başına zemin katında. Hizmetçiler, uşaklar ikinci katta. Çalınabilecek değerli gümüş takımlar. Bağıran olursa temizlenebilir...*

*No. 4: Chanday Şatosu. Tehlikeli bekçi köpekleri. Zehirlemek gerekir. Zemin katta kimse yok. Gümüş takımlar. Eski eserler, mücevherler. Gelen olursa vurmayı göze almalı...*

Pierre'in babası bunları okuduktan sonra:

— Görüyorsunuz ya? dedi. Bu adamlar en azından sebze bahçesini yerle bir etmeye gelmişler. Siz onları tedaviyle uğraşırken ben de kasabaya adam gönderip jandarma onbaşısına haber yollayacağım.

Doktor çantasını açıp bir ilaç çıkardı. Sonra da ilacı hırsızların burnuna tuttu. Hemen gözlerini açtılar. Başlarına toplanmış insanları görünce fena halde korktular. Üstelik, şatonun bir odasında bulunuyorlardı. Akılları tam olarak başlarına gelince, konuşmak istediler.

Doktor, sakin bir sesle, ağır ağır:

— Susun bakayım, haylazlar sizi! dedi. Kim olduğunuzu, buraya ne maksatla geldiğinizi öğrenmek için, çekeceğiniz nutuklara ihtiyacımız yok!

Cingöz elini ceketinin cebine götürdü, kağıtların orada olmadığını fark etti. Bıçağını aradı; o da yoktu. Maymuncuk'a kötü kötü bakarak, alçak sesle:

— Ben sana ormandayken, bir gürültü duyduğumu söylemiştim ya, dedi.

Maymuncuk da:

— Sesini çıkarma! diye fısıldadı. Söylediklerini duyabilirler. Her şeyi inkar etmek zorundayız.

Cingöz:

— Öyle ama, kağıtlar ellerine geçmiş.

Maymuncuk:

— O kağıtları yolda bulduğumuzu söyleriz.

Cingöz:

— Ya bıçaklar?

Maymuncuk:

— Bıçakları da yolda bulmuş olabiliriz, insanda biraz cesaret olmalı, arkadaş!

Cingöz:

— Seni kendinden geçiren o tepeden inme tekme nereden geldi?

Maymuncuk:

— Hiçbir şeyden haberim yok. Bir şey görüp, duyacak

zaman da olmadı. Kendimi yerde buldum. Kafama da sert bir şey iniverdi?

Cingöz:

— Benim de aynı şey geldi başıma. Duvara tırmandığımızı acaba gören mi oldu?

Maymuncuk:

— Nasıl olsa öğreneceğiz. Bizi bu hale koyanların gelip nasıl, neden bunu yaptıklarını söylemeleri gerekmez mi?

Cingöz:

— Çok doğru. O zamana kadar da her şeyi inkar etmeli. İfademizde değişiklik olmaması için, neler söyleyeceğimizi şimdiden kararlaştıralım. Birlikte mi yolda gidiyorduk? Nerede bulduk bu...

Louis'nin babası:

— Bu adamları birbirinden ayırın! dedi. Bize anlatacakları masalların aynı olmasına çalışacaklar.

İki kişi Cingöz'ü yakaladı, iki kişi de Maymuncuk'u. Direnmelerine rağmen ellerini, ayaklarını sımsıkı bağladılar. Maymuncuk'u da başka bir odaya götürdüler.

Gece iyice bastırmıştı. Sabırsızlıkla jandarma onbaşısını bekliyorlardı. Ortalık aydınlanırken, onbaşı dört jandarma ile geldi. Çünkü ona iki hırsızın yakalandığını haber vermişlerdi.

Genç efendilerimin babaları, jandarma onbaşısına durumu olduğu gibi anlattılar, hırsızların ceplerinden çıkan kağıtlarla bıçakları da gösterdiler.

Jandarma onbaşısı:

— Bu biçim bıçaklar ancak çalmak için insan öldüren tehlikeli hırsızlarda bulunur, dedi. Zaten bunu anlamak da zor değil. Çünkü bu dolaylarda yapacakları hırsızlıkları belirten kağıtlar işte meydanda. Bence bunlar Cingöz'le Maymuncuk adındaki iki azılı hırsız. İkisini de ayrı ayrı sorguya çekeceğim. İsterseniz siz de bulunabilirsiniz.

Bunları söyledikten sonra Cingöz'ün bulunduğu limonluğa girdi. Bir an yüzüne baktıktan sonra:
— Merhaba, Cingöz! dedi. En sonunda işte yakalandın!
Cingöz titredi, kızardı, hiçbir şey söyleyemedi.
Jandarma onbaşısı:
— Yoksa dilini kedi mi yedi? dedi. Oysa az önce dilin pekala yerinde duruyordu... hem de nasıl!
Cingöz, etrafına bakınarak:
— Kiminle konuşuyorsunuz, efendim? Burada benden başka kimse yok, diye söylendi.
Onbaşı:
— Senden başka kimse olmadığını görüyorum. Ben de zaten seninle konuşuyorum.
Cingöz:
— Bana neden sen diyorsunuz? Sizi hiç tanımıyorum.
Onbaşı:
— Ama ben seni tanıyorum! Sen hapisten kaçan Cingöz'sün! Hırsızlık, yaralama suçlarından mahkum olmuştun.
Cingöz:
— Yanılıyorsunuz, efendim. Bu kadar iyi tanıdığınızı iddia ettiğiniz kimse ben değilim.
Onbaşı:
— Kimsin öyleyse? Nereden geliyordun? Nereye gidiyordun?
Cingöz:
— Ben koyun tüccarıyım. Panayıra gidiyordum. Oradan kuzu alacaktım.
Onbaşı:
— Ya arkadaşınız? O da mı koyun, kuzu tüccarı?
Cingöz:
— Bilmiyorum. Bir hırsız çetesi bize saldırmadan az önce birbirimize rastlamıştık.
Onbaşı:

— Cebinizde buldukları kağıtlar nedir?
Cingöz:
— Ne olduğunu ben de bilmiyorum. Buraya yakın bir yerde bulduk. Nedir diye bakmaya vaktimiz olmadı.
Onbaşı:
— Ya bıçaklar?
Cingöz:
— Bıçaklar da kağıtların yanındaydı.
Onbaşı:
— Bu kadar şeyi bir arada bulmak gerçekten talih eseri! Çünkü gece çok karanlıktı.
Cingöz:
— Daha doğrusu, tesadüf eseri oldu. Arkadaşım üstüne bastı. Garibine gittiği için, eğilip baktı. Ben de ona yardım ettim. El yordamıyla kağıtlarla bıçakları bulduk, paylaştık.
Onbaşı:
— Paylaşmanız sizin için çok kötü olmuş! İkinizin de hapse tıkılması için bu kadarı yeter de artar bile.
Cingöz:
— Bizi hapse atmaya hakkınız yok! Namuslu insanlarız biz!
Onbaşı:
— Göreceğiz, bakalım. Hem de uzun zaman beklemeden. Şimdilik hoşça kal, Cingöz.
Hırsızın, oturduğu sıradan kalkar gibi yaptığını görünce:
— Rahatsız olma! dedi.
Sonra jandarmalara döndü:
— Bu beyefendiye çok dikkat edin, hiçbir şeyi eksik olmasın. Gözünüzü de üstünden ayırmayın, çünkü elimizden defalarca kaçan Cingöz'dür bu!
Onbaşı, Cingöz'ü yorgun bir halde bırakarak, çıkıp gitti.
Maymuncuk jandarma onbaşısının içeri girdiğini gö-

rünce mahvolduğunu anladı. Yalnız, korkusunu saklamayı da başardı. Kendisini dikkatle süzen jandarma onbaşısına ilgisiz bir tavırla baktı.
Onbaşı:
— Burada böyle yaralı, bağlı olarak nasılsınız, rahat mısınız? diye sordu.
Maymuncuk:
— Bilmem, dedi.
Onbaşı:
— Kim olduğunuzu, nereye gittiğinizi, sizi kimin yaraladığını çok iyi biliyorsunuz, değil mi?
Maymuncuk:
— Kim olduğumu, nereye gittiğimi biliyorum ama üzerime kimin saldırdığından haberim yok.
Onbaşı:
— İşe sırasıyla başlayacağım. Kimsiniz?
Maymuncuk:
— Kim olduğum sizi ilgilendirir mi? Yoldan geçen insanlara kim olduklarını sormaya ne hakkınız var?
Onbaşı:
— O kadar hakkım var ki, karşılık vermeyenlere kelepçe takar, hapishaneye götürürüm. Baştan başlıyorum. Kimsiniz?
Maymuncuk:
— Ben elma şarabı tüccarıyım.
Onbaşı:
— Lütfen adınızı söyler misiniz?
Maymuncuk:
— Robert Partout.
Onbaşı:
— Nereye gidiyorsunuz?
Maymuncuk:
— Nerede elma şarabı satılırsa oraya gidip alacaktım.
Onbaşı:
— Yalnız değildiniz. Yanınızda bir de arkadaşınız vardı.

Maymuncuk:
— Evet, ortağım. Birlikte iş yaparız.
Onbaşı:
— Cebinizden kağıtlar çıkmış. Onların ne olduklarını biliyor musunuz?
Maymuncuk jandarma onbaşısına baktı. İçinden, "Kağıtları okumuş... Beni faka bastırmak istiyor ama ben ondan daha kurnaz davranacağım!" diyordu.
— Bilmez olur muyum! dedi. Elbette biliyorum. Eşkıyaların düşürdükleri kağıtlar. Karakola götürecektim.
Onbaşı:
— Bu kağıtları nasıl buldunuz?
Maymuncuk:
— Arkadaşımla yolda bulduk. Baktık, ama acelemiz olduğu için, gidip teslim edemedik. Zaten acelemiz olduğu için gece yol almaya çalışıyorduk.
Onbaşı:
— Ya üzerinizde bulunan bıçaklar?
Maymuncuk:
— Kendimizi korumak için almıştık. Buralarda hırsızların çok olduğunu söylemişlerdi de.
Onbaşı:
— Arkadaşınızı da, sizi de kim yaraladı?
Maymuncuk:
— Yüzlerini göremediğimiz hırsızlar.
Onbaşı:
— Öyle ama. Cingöz sizin gibi konuşmadı?
Maymuncuk:
— Cingöz o kadar korktu ki hafızasını kaybetti. Söylediklerine inanılmaz.
Onbaşı:
— Ben de zaten inanmadım! Senin sözlerine de inanmıyorum, kardeşim Maymuncuk! Çünkü seni şimdi iyice tanıdım. Kendini ele verdin!
Maymuncuk arkadaşının Cingöz olduğunu ağzından

kaçırmakla büyük bir yanlışlık yaptığını anlamıştı. Artık ne söylese inandıramazdı ama yine de inkarda ayak diriyordu.

— Ben Cingöz diye kimseyi tanımıyorum, dedi. Arkadaşımdan söz ederken alay etmek için Cingöz dediniz sanmıştım.

Onbaşı:

— Nasıl istersen öyle çevir, dedi. Arkadaşınla elma şarabı almaya yola çıktınız, kağıtları yolda buldunuz, okuduktan sonra jandarma karakoluna götürmek niyetindeydiniz, bıçakları hırsızlardan korunmak için satın aldınız, hırsızların saldırılarına uğrayıp yaralandınız... Öyle mi?

Maymuncuk:

— Evet, evet... Anlatacaklarım işte bundan ibaret.

Onbaşı:

— Masalım bundan ibaret, desen daha iyi olur, çünkü arkadaşın bambaşka şeyler anlattı bana!

Maymuncuk merakla:

— Neler anlattı? diye sordu.

— Şimdilik bunları öğrenmesen de olur. Hapishaneye götürüldüğünüz zaman kendisi anlatır sana.

Onbaşı, Maymuncuk'u merak içinde bırakarak çıkıp gitti. Sonra doktora:

— Bu adamlar şehre kadar yaya olarak gidebilecek durumdalar mı? diye sordu.

Doktor, ağır ağır konuşarak:

— Arkalarından itilip kakılmayacak olurlarsa, kolaylıkla şehre ulaşabilirler, dedi. Yolda düşseler bile, yerden kaldırılıp, bir arabaya konulabilirler. Yalnız, başları, eşeğin tekmesiyle, adamakıllı zarar görmüş. Üç-dört gün içinde beyin kanaması riski var.

Jandarma onbaşısının canı sıkılmıştı. Mahpuslara acımıyordu ama yok yere de onlara acı çektirmek istemiyordu. Pierre'in babası onun canının sıkıldığını görünce, iki tekerlekli arabayı vermeyi teklif etti. Onbaşı da, teşekkür ederek, kabul etti.

Araba kapıya yanaşınca, Cingöz'le Maymuncuk'u bindirdiler. Her biri iki jandarma eri arasında bulunuyordu. Ayrıca, arabadan atlayıp kaçmamaları için de ayaklarını bağlamışlardı. Onbaşı at üzerinde arabanın yanından gidiyor, haydutları göz hapsinde tutuyordu.

Kısa zaman içinde görünmez oldular, ben de evin önünde yapayalnız kaldım. Yeşillik yiyerek, küçük efendilerimin gezinti saatlerini bekliyordum. Hele küçük Jacques'ı görmek için öyle sabırsızlanıyordum ki! Geçmişteki kötü davranışlarımı sahiplerime ettiğim bu son hizmet artık kapatmış olsa gerekti.

Sabah oldu. Herkes kalktı. Giyinip kahvaltı ettikten sonra, merdivenlere atıldılar. Hepsi bana doğru koştu, beni sevgiyle okşadılar. Bütün bu okşamaların arasında, en candanı küçük Jacques'ın bana gösterdiği yakınlıktı.

— Benim iyi kalpli Marsıvanım! diyordu. İşte yine geldin, değil mi? Gittiğin için öyle üzülmüştüm ki! Görüyorsun ya, seni her zaman severiz biz!

Camille:

— Gerçekten de çok iyi, uslu bir eşek olmuş artık.

Madeleine:

— Son zamanlarda takındığı küstah tavırlardan da vazgeçmiş.

Elisabeth:

— Ne arkadaşını ısırıyor, ne de bekçi köpeklerini.

Louis:

— Eyer vurulmasına da ses çıkarmıyor.

Henriette:

— Elimde tuttuğum çiçekleri de yemiyor.

Jeanne:

— Sırtına çıkıldığı zaman tekme atmıyor.

Pierre:
— Midillinin kuyruğunu ısırmak için arkasından koşmuyor.
Jacques:
— Hırsızları yakalatarak sebzeleri, yemişleri kurtardı.
Henri:
— Nallarıyla da kafalarını kırmış!
Elisabeth:
— Peki ama hırsızları nasıl yakalattı?
— Bunu nasıl yaptığını kimse bilmiyor ama anırmalarıyla ev halkına haber verdiğini biliyorum. Babam, amcalarım, birkaç da uşak dışarı çıkınca, Marsıvan'ın gidip geldiğini, evden bahçeye koştuğunu görmüşler. Fenerlerle peşinden gitmişler. O da onları sebze bahçesinin dış duvarına kadar götürmüş. Orada baygın iki insan bulmuşlar. İşte onlar hırsızlarmış.
Jacques:
— Hırsız olduklarını nasıl anlamışlar? Hırsızların bize benzemeyen acayip yüzleri, kılıkları mı var?
Elisabeth:
— Elbette bizim gibi olamazlar. Ben çete halinde haydutlar gördüm. Şapkaları sivri, paltoları kahverengiydi. Pek kötü bakıyorlardı. Kocaman bıyıkları da vardı.
Bütün çocuklar bir ağızdan:
— Nerede gördün? Ne zaman? diye sordular.
Elisabeth:
— Geçen kış, tiyatroda.
Henri:
— Amma da saçma ha!.. Ben de gezilerinden birinde gerçekten hırsızlara rastladın sanmıştım. Amcamla yengemin bundan hiç söz etmemelerine de şaşacaktım neredeyse! Tiyatrodaki haydutları görmüş!
Elisabeth:
— Evet, beyefendi, onlar da gerçekten hırsızdı! Jan-

darmalar onlarla dövüştüler. Kimisini öldürdüler, kimisini de yakaladılar. Hiç de şakaya gelir şey değildi. Benim de ödüm patlamıştı. Bir sürü jandarma yaralandı.

Pierre:

— Kusura bakma ama pek aptalmışsın sen! Senin gördüğüne oyun denir. Tiyatrolarda yalancıktan yaparlar. Her gece de oyun tekrar edilir.

Elisabeth:

— Nasıl tekrar etsinler her gece? Ölmüş değiller mi?

Pierre:

— Ölmüş ya da yaralanmış gibi yaparlar. Aslında senin ve benim kadar sağdır onlar da.

Elisabeth:

— Peki, babamla amcalarım bu adamların hırsız olduklarını nereden anlamışlar?

Pierre:

— Çünkü ceplerinde tehlikeli bıçaklar bulunmuş. Hem de...

Jacques onun sözünü keserek:

— Adam öldüren bıçaklar nasıl yapılır? diye sordu.

Pierre:

— Nasıl olacak! Öteki bıçaklar gibi.

Jacques:

— Peki, insanları öldürmeye yaradığını nereden biliyorsunuz? Belki ekmeklerini kesmek için kullanıyorlardı.

Pierre:

— İçimi daraltmaya başladın, Jacques! Her şeyi anlamak istersin. Üstelik sözümü de kesiyorsun. Ceplerinde bulunan kağıtlarda, sebzelerimizi çalacakları, papazı, başka birçok insanı öldürecekleri yazılıymış.

Jacques:

— Peki, bizleri neden öldürmek istememişler?

Elisabeth:

— Çünkü babamla amcalarımın çok cesur olduklarını

nı, tabancalarıyla tüfeklerinin bulunduğunu, bizim de onlara yardım edeceğimizi biliyorlarmış.
Henri:
— Saldırıya uğrayacak olsak, doğrusu senin çok yardımın dokunur ya! Orası kesin.
Elisabeth:
— Ben de sizin kadar cesur davranırdım. Hiç değilse babamı vurmalarına engel olmak için hırsızları bacaklarından çekerdim.
Camille:
— Hadi kavgayı bırakın da, Pierre bize duyduklarını anlatsın, daha iyi.
Elisabeth:
— Bildiklerimizi öğrenmek için Pierre'e ihtiyacımız yok!
Pierre:
— Madem öyle, ne diye babamın hırsızları nasıl tanıdığını öğrenmek istiyorsunuz?
Bahçıvan mutfak için gereken sebzeyi koparıp getirmişti.
— Pierre, Henri, sizleri Auguste arıyor, dedi.
Pierre'le Henri:
— Nerede? diye sordular.
— Bahçede. Marsıvan'a rastlamak korkusuyla, şatonun yakınına gelmekten çekindi.

İç çektim. Auguste'ün benden çekinmesine hak veriyordum. Çamur çukuruna atıp boğulacak hale getirmiş, böğürtlenlerle, dikenlerle yüzünü gözünü sıyırtmış, midillisini ısırarak yere yuvarlanmasına yol açmıştım. O kötü günden beri, bana elbette yaklaşamazdı.

"Bu durumu düzeltmem gerekiyor," dedim kendi kendime. "Ona nasıl yardım etsem de, artık benden korkacak bir şey kalmadığını anlatabilsem?"

## XXV
## KIR YEMEĞİ

Pişman olduğumu Auguste'e nasıl göstereceğimi düşünürken, çocuklar otladığım yere yaklaştılar. Auguste oldukça uzakta durdu, korka korka bana baktı.

Pierre:

— Bugün hava çok sıcak olacak, uzun bir gezinti hoş olmaz. Parkta, gölgelikte otursak çok daha iyi ederiz.

Auguste:

— Pierre haklı. Ölümden zor kurtulduğum o hastalıktan sonra çok zayıf düştüm. Uzun yürüyüşlere gelemiyorum.

Henri:

— Hastalığına Marsıvan yol açtı. Kim bilir ne kadar kızıyorsundur!

Auguste:

— Bilerek yaptığını sanmıyorum. Bana kalsa yolda bir şeyden ürktü. Korktuğu için yerinden zıpladı, ben de o pis çukura düştüm. Ona hiç de kızmıyorum. Yalnız...

Pierre:

— Yalnız, ne olmuş?

Auguste, hafifçe, kızararak:

— Artık onun sırtına binmek istemem, dedi.

Bu çocuğun iyi kalpliliği bana pek dokundu. Kendisine yaptığım kötülüklere daha çok pişman oldum.

Camille'le Madeleine yemek yapmayı teklif ettiler. Çocuklar bahçelerinde bir ocak yaptırmışlardı. Kendi topladıkları kuru odunlarla tutuşturuyorlardı. Bu teklif sevinçle karşılandı. Gidip mutfak önlüklerini getirdiler. Her şeyi bahçede hazırlayacaklardı. Auguste'le Pierre kuru ağaç dalları topladılar. Her parçayı da ikiye bölüp ocağa atıyorlardı.

Ateş yanmadan önce, yemek için neler pişireceklerini düşündüler.

Camille:
— Ben bir omlet yaparım, dedi.
Madeleine:
— Ben kahveli krema.
Elisabeth:
— Ben pirzola pişiririm.
Pierre:
— Ben de salçalı dana haşlaması.
Henri:
— Ben patates salatası.
Jacques:
— Ben kremalı çilek.
Louis:
— Ben tereyağlı ekmek hazırlarım.
Henriette:
— Şekerleri hazırlarım.
Jacques:
— Ben de kiraz toplarım.
Auguste:
— Ben ekmekleri keser, masayı hazırlar, meyve suyu getiririm, sofraya bakarım.

Bunun üzerine hepsi, mutfağa gidip, pişireceği yemek için gereken şeyleri istedi. Camille yumurta, tereyağı, tuz, biber, bir de çatalla tava getirdi.

— Yağı eritmek, yumurtaları pişirmek için ateş gerekiyor. Auguste, ocağı yakar mısın?

Madeleine:
— Auguste, Auguste, çabuk mutfağa koş! Kremam hazır, kahvesi eksik. Almayı unuttum, hemen getiriver! Çabuk ol!

Auguste:
— Öyle ama Camille için ateş yakacağım ben!

Madeleine:
— Ateşi sonraya bırak. Önce benim kahvemi getir. Çok sürmez. Benim vaktim yok.

Auguste koşarak gitti.
Elisabeth:
— Auguste, Auguste, pirzola için bana kor halinde ateşle ızgara ister. Hepsini güzelce hazırladım.

Auguste kahveyi koşa koşa getirdi, aynı hızla ızgara getirmeye gitti.
Pierre:
— Dana haşlaması için ben de zeytinyağı istiyorum.
Henri:
— Ben de salatam için sirke. Auguste, çabuk sir-keyle zeytinyağı getir!

Auguste koşa koşa sirkeyle zeytinyağı almaya gitti.
Camille:
— Aşkolsun, Auguste! Ateşi böyle mi yakıyorsun? Yumurtaları çırptım, omletim tutmayacak.
Auguste:
— Bir sürü iş istediler benden. Onun için, odun parçalarını tutuşturmaya zaman bulamadım.
Elisabeth:
— Ya istediğim ızgara nerede kaldı, Auguste? Beni unuttun.
Auguste:
— Hayır, unutmadım, Elisabeth ama, o kadar oraya buraya koşturdular ki beni...
Elisabeth:
— Pirzolaları kızartacak zaman bulamayacağım! Çabuk ol, Auguste!
Louis:
— Ekmekleri kesmek için bıçak yok. Bana, çabuk, bir bıçak getir, Auguste!
Jacques:
— Çilekler için pudra şekeri yok. Çabuk, bana şeker döv, Henriette, çabuk!..
Henriette:

— Dövebildiğim kadar dövüyorum ama yoruldum. Biraz dinleneceğim. Hem de çok susadım.
Jeanne:
— Kiraz ye. Ben de susadım.
Jacques:
— Ya ben? Birkaç kiraz atayım ağzıma. İnsanın ağzını serinletir kiraz.
Louis:
— Ben de yiyeceğim. Durmadan tereyağlı ekmek hazırlamak insanı yoruyor.
Dört çocuk kiraz sepetini aldılar.
Jeanne:
— Oturalım, daha iyi serinleriz.
Öylesine serinlediler ki kiraz sepetinde tek kiraz kalmadı. Bu sefer de birbirlerinin yüzüne baktılar.
Jeanne:
— Bir tane bile kalmadı!
Henriette:
— Şimdi bizi azarlayacaklar!
Louis:
— Ne yapacağız şimdi?
Jacques:
— Marsıvan'dan yardım isteyelim.
Louis:
— O ne yapabilir ki? Biz hepsini yiyip bitirdikten sonra, sepeti dolduramaz ya?
Jacques:
— Marsıvan, Marsıvancığım benim! Gel bize yardım et. Görüyorsun ya sepetimiz boşaldı. Doldurmaya çalış.
Dört küçük oburun yanındaydım. Benden ne beklediklerini anlatabilmek için, Jacques boş sepeti burnumun önüne tutuyordu. Oradan uzaklaştım. Mutfağa bir sepet kiraz bıraktıklarını görmüştüm. Oraya yöneldim. Sepeti dişlerimin arasına alıp, çocuklara yaklaştım, ortalarına bıraktım.

Çocukcağızlar düşünceli düşünceli, çekirdekleri, kiraz saplarını koydukları tabaklarına bakıp duruyorlardı.

Sepeti görünce sevinçle haykırdılar. Ötekiler de başlarını çevirip küçüklerin neden bağırdıklarını anlamak istediler.

Jacques:

— Marsıvan, Marsıvan! diyordu.

Jeanne:

— Sus! dedi. Kirazları bitirdiğimizi anlayacaklar!

Jacques:

— Anlarlarsa anlasınlar! dedi. Hiç değilse, Marsıvan'ın ne kadar iyi kalpli, akıllı olduğunu da anlarlar.

Onlara doğru koşup, açgözlülüklerinin zararını benim nasıl kapattığımı anlattı.

Bu sırada Auguste, Camille'in ateşini yakmış, Elisabeth'e de kor sağlamıştı. Camille omleti pişiriyor, Madeleine kremayı kıvamına getirmeye çalışıyordu. Elisabeth de pirzolaları kızartıyordu. Pierre, salçalamak üzere, dana haşlamasını dilimlere ayırıyor, Henri patates salatasını karıştırıyordu. Jacques da çileklerini krema ile karıştırmaktaydı. Louis bir yığın ekmek dilimine tereyağı sürmüştü. Henriette, dövdüğü şekerlerle şekerliği taşırmak üzereydi. Jacques sepetteki kirazları ayıklıyordu. Auguste ise, ter içinde, soluk soluğa, masayı hazırlıyor, meyve suyunu soğutmak için buz almaya gidiyordu. Masanın hoş görünmesi için de turplar, hıyar turşuları, sardalyalar, zeytinler bulup getiriyordu. Tuzu unutmuş, çatal, kaşık getirmeyi akıl edememişti. Bardak da eksikti. Getirdiği kadarının içine arılar, sinekler düşmüştü. Tabaklarda da böcekler görülüyordu.

Her şey hazırlandıktan, yemekler masanın üzerine dizildikten sonra, Camille alnına vurdu:

— Ah, burada kendi hazırladığımız yemekleri yemek için annelerimizden izin almayı unuttuk!

Çocuklar:

— Çabuk gidip, izin alalım! dediler. Auguste yemeklere bakar.
Hızla eve koşup, annelerinin babalarının bulunduğu salondan içeri daldılar. Karşılarında çocuklarını yüzleri kıpkırmızı, solukları kesilmiş, önlerinde aşçı yamakları gibi önlüklerle görünce anneler, babalar şaşkın şaşkın baktılar.
Her çocuk kendi annesine koştu. Yalnız, öylesine karmakarışık konuşuyorlardı ki dışarıda yemek yemek için neden izin istediklerini anlatamadılar. Birkaç sorudan sonra durum anlaşıldı, izin de verildi. Artık Auguste'ün yanına, masa başına dönmek için acele ediyorlardı.
Auguste ortada yoktu.
— Auguste, Auguste! diye seslendiler.
Gökyüzünden gelir gibi bir ses:
— Buradayım! Buradayım! diyordu.
Hep birden başlarını kaldırınca, Auguste'ün bir ağaç tepesine tünediğini gördüler. Ağır ağır, dikkatle aşağıya iniyordu.
Pierre'le Henri:
— Neden oraya tırmandın? Nereden aklına geldi bu? diye sordular.
Auguste:
— Marsıvan olmasaydı ne beni, ne de yemeğimizi zor bulurdunuz. Hayatımı kurtarmak için bu meşe ağacına tırmanmak zorunda kaldım.
Pierre:
— Ne oldu, anlatsana?.. Marsıvan senin hayatını nasıl kurtardı? Yemeğimizi nasıl koruyabildi?
Camille:
— Hadi, sofraya oturalım. Hem yer, hem de Auguste'ün anlatacaklarını dinleriz. Açlıktan ölüyorum!
Yemek yerlerken Auguste anlattı:
— Siz gider gitmez çiftliğin o kocaman iki köpeğinin bu yana doğru koştuğunu gördüm. Yemek kokusu onla-

rı çekmişti, anlaşılan. Bir sopa alıp, ürküterek, kaçırırım sandım, ama pirzolaları, omleti, ekmeği, tereyağını, kremayı görüyorlardı. Sopamdan korkacakları yerde benim üzerime saldırdılar. En büyüğünün başına sopayı attım, o da sırtıma çıktı.

Henri:

— Sırtına mı çıktı? diye haykırdı. Demek etrafında dönüp duruyordu?

Auguste kızararak:

— Hayır! dedi. Sopayı attığım için kendimi koruyacak bir şeyim kalmamıştı. Aç köpeklere kendimi parçalatmaya da hiç niyetim yoktu.

Henri, alaylı bir sesle:

— Anlaşıldı! diye söze karıştı. Sen arkanı dönüp kaçmaya başladın, değil mi?

— Sizi çağırmaya geliyordum. Korkunç hayvanlar arkamdan koştular. Neyse ki Marsıvan yetişti de, en kocamanının ensesinden yakaladı. Ben ağaca çıkmaya uğraşırken, o da hayvanı durmadan sarsıyordu. Öteki de benim arkamdan atladı, elbisemden yakaladı. Parça parça etmesine bir şey kalmamıştı. Yine Marsıvan yardımıma koştu. İlk köpeği öyle bir ısırdı ki! O da yetişmedi, yakaladığı gibi havaya fırlattı. Köpek birkaç adım öteye düşüverdi. Marsıvan elbisemden yakalayanın da kuyruğunu ısırdı. O da hemen bana sataşmaktan vazgeçti. Marsıvan onu biraz uzağa doğru çekip, şaşılacak bir çeviklikle döndü, çenesine korkunç bir tekme attı. Köpekler uluyarak kaçtılar. Ben de ağaçtan inmeye hazırlanırken siz geldiniz.

Cesaretimi, yaptıklarımı çok beğendiler. Her biri yanıma gelip beni okşadı. Jacques'ın gözleri parıldıyordu. Büyük bir zafer kazanmış gibi bir tavrı vardı.

— Görüyorsunuz ya, dedi, dostum Marsıvan yine eskisi gibi iyi bir hayvan oldu. Sizin de onu sevip sevmediğinizi bilemem ama ben çok seviyorum. Hem de her zamankinden daha çok. Öyle değil mi, Marsıvan? Biz hep dost kalacağız, değil mi?

Neşeli bir anırma ile karşılık verdim. Çocuklar gülmeye başladılar. Sofraya oturup, yemeklerini yemeye koyuldular. Madeleine kremasından dağıttı.

Jacques:

— Ne lezzetli krema! dedi.

Louis biraz daha istedi.

Henriette ile Jeanne:

— Ben de, ben de! diye bağırdılar.

Madeleine başarısından çok memnundu. Gerçekten de yemeklerin hepsi güzel olmuştu. Hiçbir şey artmadı. Zavallı Jacques bir aralık utandı. O, kremalı çilekleri üzerine almıştı. Kremasına şeker koyduktan sonra, çilekleri ayıklanmış olarak içine atmıştı. Mükemmeldi ama o işini herkesten önce bitirmişti. Daha önünde zaman olduğunu düşünerek, biraz daha güzelleştirmek maksadıyla, uzun zaman çilekleri ezdi, ezdi. Kremanın içinde çilekler lapa haline geldi. Lezzeti çok iyiydi besbelli ama görünüşüne güzel denemezdi doğrusu!

Sıra Jacques'a gelip de çileklerini dağıtmaya başlayınca Camille:

— Nedir bu verdiğin? diye haykırdı. Kırmızı lapa mı? Neyle yaptın bunu?

Jacques utanmıştı:

— Kırmızı lapa değil, kremalı çilek, dedi. Lezzeti bak ne güzel! Tadarsan anlarsın.

Madeleine de:

— Çilek mi? diye sordu. Çilekler nerede? Ben göremiyorum. Bize ikram ettiğin iğrenç bir şey!

Hepsi birden:

— Evet, iğrenç bir şey! diye bağırdılar.

Zavallı Jacques'ın gözleri yaşlarla dolmuştu:

— Ezersem daha iyi olur sanmıştım. İsterseniz gidip başka çilek kopartır, çiftlikten de krema alır gelirim.

Jacques'ın üzüntüsü Elisabeth'e çok dokunmuştu:

— Hayır, canım, dedi. Kremanın çok lezzetli olduğundan eminim, ben. Bana da verir misin? Seve seve yiyeceğim.

Jacques, Elisabeth'e sarıldı. Yüzü neşelendi. Kocaman bir tabak doldurdu.

Öteki çocuklar da, Jacques'ın iyi kalpliliği, iyi niyeti karşısında üzülerek, kremalı çilekten yemek istediler. Tattıktan sonra da çok lezzetli olduğunu söylediler.

Onlar yerken Jacques da yüzlerini inceliyordu. İcadının başarılı olduğunu görünce pek sevindi.

## XXVI
### BALIK AVI

Jacques:
— Ne yazık ki her gün, geçen haftaki gibi yemek yiyemeyiz! diyordu. Ne de çok eğlenmiştik!
Louis:
— Yemekler çok güzel olmuştu!
Camille:
— En hoşuma giden patates salatasıyla salçalı dana haşlamasıydı.
Madeleine:
— Neden, biliyorum! Annen çoğu zaman sirkeli şeyler yemeni istemiyor da ondan.
Camille, gülerek:
— Olabilir, dedi. Seyrek yenen şeyler insana çok tatlı gelir. Hele sevilen yemeklerse...
Pierre:
— Bugün nasıl eğleneceğiz?
Elisabeth:
— Bugün perşembe, akşam yemeğine kadar serbestiz.
Henri:
— Büyük havuzdan gidip balık avlarsak nasıl olur?

Camille:
— Çok güzel bir fikir! Yarın tatil. Balığımız olur, fena mı!
Madeleine:
— Nasıl balık tutacağız? Oltamız var mı?
Pierre:
— Olta iğnemiz var ama oltaları bağlayacak değneklerimiz yok.
Henri:
— Uşaklara söyleyelim de kasabadan alıp getirsinler.
Pierre:
— Kasabada bulunmaz, şehre gitmeleri gerekir.
Camille:
— İşte Auguste geliyor! Belki onun evinde vardır. Midilliyle gönderip aldırtırız.
Jacques:
— Ben Marsıvan'la gider alırım.
Henri:
— Tek başına o kadar uzağa gidemezsin!
Jacques:
— O kadar uzak değil. Ancak on kilometre.
Auguste:
— Marsıvan'la ne almaya gideceksiniz, çocuklar?
Pierre:
— Balık tutmak için olta. Sende var mı, Auguste?
— Yok ama bulmak için de o kadar uzağa gitmeye değmez. Çakıyla, istediğimiz kadar kendimiz yapabiliriz.
Henri:
— Haklısın, Auguste. Nasıl oldu da biz bunu düşünemedik!
Auguste:
— Hadi! Biz büyük dalları kopartırken, siz de kabuklarını çıkarırsınız.
Camille, Madeleine, Elisabeth de, hep birden:

— Ya biz ne yapacağız? diye sordular.
Pierre:
— Siz de balık avlamak için gereken şeyleri hazırlayın... Ekmeği, solucanları, olta iğnelerini.
Her biri bir işle uğraşmak üzere dağıldılar.
Ben de yavaş yavaş havuza doğru gittim, çocukların gelmesini bekledim. Yarım saat sonra, ellerinde olta kamışları, olta iğneleri, balık tutmak için gereken şeylerle koşa koşa geldiler.
Henri:
— Bana kalırsa suyu çalkalayıp balıkların üste çıkmalarını sağlamalı.
Pierre:
— Tersine! Hiçbir gürültü yapmamalı. Balıklar korkar, dibe giderler.
Camille:
— Bence, ekmek parçaları atarak, onları su üstüne çekmeli.
Madeleine:
— Çok ekmek atmak da doğru olmaz. O zaman karınları iyice doyar.
Elisabeth:
— Bu işi bana bırakın. Ben onlara ekmek atarken, siz de olta iğnelerini hazırlayın.
Elisabeth ekmek parçalarını eline aldı. Kırıntıları atar atmaz yarım düzine balık suyun üstüne çıkıverdi. Elisabeth daha kırıntı atmaya devam etti. Louise, Henriette, Jeanne kendisine yardım etmek istediler. O kadar çok ekmek verdiler ki, balıklar, karınları doyunca, artık ekmeğe dokunmaz oldular.
Elisabeth, yavaşça, Louis ile Jacques'a:
— Korkarım ki gerektiğinden çok ekmek verdik, dedi.
Jacques:
— Ne olmuş! Kalanlarını akşama ya da yarın yerler.
Elisabeth:

— Öyle ama, şimdi olta iğnesine dokunmayacaklardır. Çünkü iyice doydular.
Jacques:
— Eyvahlar olsun! Arkadaşlar hiç de memnun olmayacaklar bu durumdan!
Elisabeth:
— Bir şey söylemeyelim. Onlar kendi işlerine dalmışlar. Belki yine de oltaya gelir balıklar.
Pierre, oltaları getirerek:
— İşte her şey hazır, dedi. Herkes oltasını alsın, suya daldırsın.
Her biri oltasını aldı, Pierre'in dediği gibi, suya daldırdı. Hiç ses çıkarmadan birkaç dakika beklediler ama balıklar oltalara yaklaşmıyordu bile.
Auguste:
— Burası uygun değil, daha öteye gidelim.
Henri:
— Bana kalırsa burada balık yok. Baksanıza, ekmek kırıntıları yenmemiş.
Camille:
— Gölün sonuna doğru gidin... Kayığın bulunduğu yere.
Pierre:
— Orası çok derindir.
Elisabeth:
— Balıkların boğulacağından mı korkuyorsun?
Pierre:
— Balıklar boğulmaz ama, içimizden biri düşecek olursa, boğulabilir.
Henri:
— Neden düşecekmişiz? Kenara yaklaşmıyoruz ki kayalım, suya yuvarlanalım.
Pierre:
— Öyle ama yine de küçüklerin o yana gitmelerini istemiyorum.

Jacques:

— Pierre, yalvarırım sana, ben seninle geleyim. Sudan çok uzakta dururum.

Pierre:

— Hayır, olmaz! Siz olduğunuz yerde kalın. Biz çabuk döneriz. Çünkü orada da buradakinden çok balık bulunacağını hiç sanmıyorum. Balık tutamazsak suç sizin. Ben gördüm. Gerektiğinden çok ekmek kırıntısı attınız suya. Ötekilere bir şey söylemeyeceğim ama düşüncesizliğinizin cezasını çekeceksiniz.

Jacques ısrar etmedi. Yalnız, gidip öbür suçlulara da Pierre'in söylediklerini anlattı. Oldukları yerde kalmaya razı oldular. Bir yandan da balıkları yakalayabileceklerini umuyorlardı ama oltaya yaklaşan yoktu.

Ben de Pierre, Henri, Auguste'le gölcüğün ucuna kadar peşlerinden gittim. Oltalarını fırlattılar. Durum aynıydı. İstedikleri kadar yer değiştirsinler, olta iğnelerini sürüklesinler, balıklardan eser yoktu.

Auguste:

— Çocuklar, dedi, parlak bir fikrim var. Balıkların keyiflerini bekleyeceğimize, büyük çapta bir av yapalım, daha iyi değil mi? Bir defada on beş, yirmi balık birden tutarız.

Pierre:

— On beş, yirmi balığı birden tutmak için ne yapacağız? Biz bir tane bile avlayamadık şimdiye kadar.

Auguste:

— Serpme denilen kurşunlu balık ağıyla tutacağız.

Henri:

— Çok zor bir şey. Babam onun nasıl suya atılacağını bilmek gerektiğini söyler.

Auguste:

— Zor muymuş? Amma da saçma! Ben bu işi on kere, yirmi kere yaptım. Çok kolay!

Pierre:
— Çok balık tutabildin mi bari?
Auguste:
— Hayır, yakalamadım çünkü suya atmıyordum.
Henri:
— Ya nereye atıyordun?
Auguste:
— Çimenlerin ya da toprağın üzerine. Amacım öğrenmekti.
Pierre:
— Hiç de aynı şey değil. Suya çok zorlukla atabilirsin.
Auguste:
— Öyle mi sanıyorsun? Atayım da gör! Kurşunlu ağım avluda duruyor, hemen koşup getireyim.
Pierre:
— Boş ver, Auguste. Bir şey olursa babam bizi azarlar.
Auguste:
— Ne olacakmış? Sana söylüyorum. Bizde her zaman kurşunlu ağla balık tutarlar. Gidiyorum, beni bekleyin, şimdi gelirim.

Pierre'le Henri'yi endişe içinde bırakarak, koşup gitti. Kısa zaman sonra ağı sürükleyerek geliyordu.

— İşte! dedi, ağı yere serdi. Şimdi balıkların başına gelenleri göreceksiniz.

Ağı gerçekten de becerikli bir hareketle suya fırlattı. Dikkat ederek, ağır ağır da çekti.

Henri:
— Çabuk çeksene! Bir türlü sonu gelmeyecek! diyordu.
— Hayır, olmaz! Çok yavaş çekmek gerekir. Çünkü çabuk çekersem, hem ağ kopar, hem de balıklar kaçar.

Auguste ağır ağır çekmeye devam etti. Ağ, iyice suyun üzerine çıktığı zaman, bomboştu. Tek balık yoktu içinde.
Auguste:

— Bir kerede olmaz bu iş, dedi. İnsan cesaretini kaybetmemeli. Yeniden başlayacağız.

Ağı bir daha attı ama birincisinden daha başarılı olmadı.

— Bu neden, biliyor musun? dedi. Çok uçtayım da ondan. Burada yeterli derecede su yok. Kayığa bineceğim. Uzun olduğu için ağımı istediğim gibi açabilirim.

Pierre:

— Kayığa binme, Auguste! dedi. Ağınla küreklere, halatlara takılabilir, suya yuvarlanırsın.

— Sen de iki yaşındaki çocuktan betersin, Pierre. Benim senden çok cesaretim var. Şimdi göreceksin, nasıl başaracağım!

Auguste kayığa bindi. Kayık sağa, sola çalkalandıkça çok korktu. Tehlikeli bir hareket yapacağını anlamıştım. Korkmuyor gibi yapıyor, gülüyordu. Ağı açtı, düzgünce yayamadı. Çünkü kayık durmadan sallanıyordu. Çocuğun elleri de istediği gibi çalışamıyordu. Ayaklarının üzerinde sarsılıyordu. Gururu üstün geldi. Ağı suya fırlattı. Yalnız, suya düşmekten korktuğu için, istediği gibi açamadı. Ağ sol omzuna takılıverince sarsıldı, baş aşağı cumburlop göle düştü. Pierre ile Henri'nin çığlıkları Auguste'ün korkudan haykırmasına karıştı. Ağa iyice takıldığından hiç kımıldayamıyordu. Ağ yüzerek kıyıya gelmesine de engel oluyordu. Çabaladıkça ince ipler daha çok vücudunu sarmaktaydı.

Gittikçe suya daldığını görüyordum. Birkaç saniye daha sürse boğulacaktı çocuk. Pierre ile Henri'nin hiçbir yardımları olamazdı, çünkü onlar yüzme bilmiyorlardı.

Yardım için birini çağırıncaya kadar Auguste boğulup gidecekti.

Hemen kararımı verdim. Suya atlayarak, ona doğru yüzdüm, iyice daldım, çünkü Auguste oldukça derinlerdeydi. Vücudunu saran ağı dişlerimle yakaladım. Sürükleyerek, kıyıya doğru yüzmeye başladım. Çok sarp olan inişi tırmanmaya koyuldum. Auguste'ü de arkamdan sürüklüyordum. Taşlara, ağaç köklerine rastlayıp da orasının burasının yaralanmasına bile aldırmıyordum artık. En sonunda çimenlere ulaştık. Orada çocuk kımıldamadan yattı kaldı.

Pierre'le Henri arkadaşlarının yanına koştular, bin bir zorlukla onu ağdan kurtardılar. Camille'le Madeleine'in de koşa koşa geldiklerini görünce, hemen gidip yardım istemelerini söylediler.

Küçükler de, Auguste'ün düştüğünü uzaktan görünce hemen yetişmişler, yüzünü gözünü kuruluyorlardı. Uşaklar gelmekte gecikmediler, Auguste'ü içeri aldılar. Çocuklar da benimle yalnız kalmışlardı.

Jacques:
— Ah ne harikasın, Marsıvan! diye bağırdı. Gördünüz değil mi ne büyük cesaretle kendini suya attı da, Auguste'ün hayatını kurtardı?

Louis:
— Elbette gördük. Hem de, Auguste'ü yakalamak için nasıl da suya daldı!

Elisabeth:
— Ne becerikli bir hareketle de onu çimenlere kadar getirdi!

Jacques:
— Zavallı Marsıvan, sırılsıklam olmuşsun!

Henriette:
— Dokunma, Jacques. Elbiselerini ıslatacak. Her yanından sular akıyor, görmüyor musun?

Jacques kollarını boynuma doladı:
— Ne önemi var? Biraz ıslanırsam ne olmuş! Hiçbir zaman Marsıvan kadar ıslanamam!

Louis:
— Sarılıp, iltifatlar edeceğimize, ahıra götürüp saman içine yatırsak, ısıtsak, yulaf da verip kuvvetlendirsek daha iyi olmaz mı?

Bana işaret etmeleri üzerine, Jacques'la Louis'nin peşinden ahıra doğru yürüdüm. Beni ot yumağıyla tımar ettiler. O kadar ki kendileri ter içinde kalmışlardı. Ancak iyice kurulandığıma emin olduktan sonra durdular. Bu sırada da Henriette'le Jeanne yelemle, kuyruğumu taramaktaydılar.

Bütün bu işler bittikten sonra pek gösterişli olmuştum. Jacques'la Louis'nin getirdiği bir ölçü yulafı da büyük bir iştahla yedim.

Küçük Jeanne, Henriette'e:
— Bu kadar yulaf Marsıvan için çok, dedi.
Henriette:
— Ziyanı yok, Jeanne. Öyle iyi davrandı ki bu onun ödülü işte.
Jeanne:
— Birazını almak istiyordum.
Henriette:
— Ne yapacaksın?
Jeanne:
— Zavallı tavşanlarıma verecektim. O kadar sevdikleri halde, hiç yedikleri yok.
Henriette:
— Jacques'la Louis, Marsıvan'ın yulafını aldığını görürlerse seni azarlarlar.
Jeanne:
— Görmezler. Onlar bu yana bakmadıkları zaman alırım.
Henriette:
— Hırsızlık yapmış olursun. Çünkü halinden şika-yet edemeyecek bir hayvanın yulafını çalmış olacaksın. Zavallı Marsıvan, konuşamaz ki derdini anlatsın.
Jeanne üzgün bir tavırla:
— Haklısın, dedi. Öyle ama zavallı tavşanlarım da bir parça yulaf yeseler ne kadar sevineceklerdi.

Jeanne küçük teknemin yanına oturdu, yem yememi seyretmeye başladı.

Henriette:

— Ne oturuyorsun, burada? diye sordu. Gel gidip Auguste'ten haber alalım.

Jeanne:

— Marsıvan'ın yemini yemesini bekleyeceğim, dedi. Belki karnı doyunca biraz yulaf bırakır, ben de alır, tavşanlarıma götürürüm.

Henriette çok direndi, ama Jeanne yanımdan bir türlü ayrılmak istemedi. Henriette de öteki çocuklarla birlikte çıkıp gitti.

Yemimi ağır ağır yiyordum. Jeanne, yalnız kalınca, benim hesabıma tavşanlarına ziyafet çekmek hevesine kapılıp kapılmayacak mı, anlamak istiyordum. Arada sırada tekneme bir göz atıyordu.

— Amma da yiyor! diyordu. Bir türlü arkası gelmiyor. Artık doyması gerekir, hala da yiyor... Bir parçacık bıraksa, ne kadar sevineceğim!

Önümde olanların hepsini yiyebilirdim ama küçük kıza acıdım. O kadar istediği halde hiçbir şeye dokunmuyordu. Çok gelmiş gibi yaparak, teknemden uzaklaştım. Yulafın yarısını bırakmıştım. Jeanne sevinçle haykırdı, yerinden fırladı. Yulafı avuç avuç alıp siyah tafta önlüğüne doldurdu.

— Ne iyi, ne sevimlisin sen, Marsıvan! diyordu. Senden daha iyisine rastlamadım hiç. Açgözlü olmaman da son derece güzel bir şey. Herkes seni seviyor çünkü çok iyi kalplisin... Tavşanlar kim bilir ne sevinecekler! Kendilerine yulafı senin verdiğini de söyleyeceğim.

Önümde kalan yulafın hepsini önlüğüne doldurarak koşa koşa uzaklaştı. Tavşanların küçük kulübesine girdiğini, onlara benim ne kadar iyi bir hayvan olduğumu anlattığını da duydum. "Hiç açgözlü değil," diyordu, onların da benim gibi yapmalarını, benim onlara yulaf bıraktığım gibi, onların da küçük kuşlara biraz ayırmalarını tembih ediyordu.

— Biraz sonra geleceğim, sizin de Marsıvan gibi iyi kalpli olup olmadığınızı anlayacağım, diyordu.

Tavşan kulübelerinin kapılarını kapadıktan sonra, Henriette'i bulmaya gitti. Ben de, Auguste'ten haber almak için, küçük kızın peşinden gittim.

Şatoya yaklaştığım zaman, baktım Auguste, arkadaşlarıyla birlikte, çimenlerin üstünde oturuyor. Çok sevinmiştim. Beni görünce, ayağa kalktı, bana doğru geldi, okşamaya başladı.

— İşte kurtarıcım! Marsıvan olmasaydı, şimdi ben çoktan ölmüştüm! diyordu. Ağı yakalayarak beni karaya çekerken, kendimi kaybettim. Kendisini suya atmış, beni kurtarmak için derinlere dalmış. Bana ettiği hizmeti hiçbir zaman unutamam. Her buraya gelişimde de muhakkak Marsıvan'a merhaba diyeceğim.

Nine:

— Sözlerin çok hoşuma gitti, Auguste, dedi. Vicdan sahibi olanlar, insanlara karşı olduğu gibi, hayvanlara karşı da minnet duyarlar. Bana gelince, ben de Marsıvan'ın bize yaptığı hizmetleri hiçbir zaman unutamam. Bundan dolayı da, ne olursa olsun, ondan hiç ayrılmamaya karar verdim.

Camille:

— Öyle ama, Büyükanne, birkaç ay önce onu değirmene göndermeye karar vermiştiniz. O değirmende çok mutsuz olurdu.

Nine:

— Göndermedim, sevgili yavrum. Yalnız, bunu bir ara düşündüm. O da, Auguste'e karşı kötü davranışları yüzündendi. Bir de bütün ev halkının şikayet ettiği bir sürü ufak tefek suçları vardı. Önceden ettiği hizmetlerin ödülü olarak, bu niyetimden çok çabuk vazgeçtim. Bundan sonra sadece yanımızda kalmayacak; aynı zamanda mutlu olmasına da dikkat edeceğim.

Jacques sevincinden ninesinin boynuna öyle bir hızla atıldı ki az kalsın yaşlı kadını yere düşürecekti.

— Ah, teşekkür ederim, Nineciğim, diyordu. Marsıvan'a ben bakacağım. Ben onu çok seveceğim, o da beni ötekilerden daha çok sevecek.

Nine:

— Neden seni ötekilerden daha çok sevmesini istiyorsun, Jacques? Bu doğru bir şey olmaz.

Jacques:

— Neden doğru olmasın? Ben onu herkesten daha çok seviyorum. Kötü davrandığı, onu kimse sevmediği zaman bile ben yine de biraz seviyordum. Gülerek bana döndü. Çok seviyordum, değil mi, Marsıvan?

Gidip başımı Jacques'ın omzuna koydum. Ötekiler de gülmeye başladılar. Jacques arkadaşlarına döndü:

— Marsıvan'ın beni sizlerden çok sevmesine ses çıkarmazsınız sanırım, öyle değil mi? diye sordu.

Çocuklar da, gülerek:

— Elbette, elbette! dediler.

Jacques:

— Marsıvan'ı sevdiğim gerçek değil mi? Sizlerden daha çok sevdiğimi de biliyorsunuz, değil mi? dedi.

Hep bir ağızdan:

— Evet, evet! diye haykırdılar.

Jacques:

— Gördün mü Büyükanne? Madem size Marsıvan'ı ben getirdim, madem onu herkesten çok ben seviyorum, onun da beni ötekilerden çok sevmesi yerinde olur.

Nine:

— Olmaz demiyorum ama burada bulunmadığın zaman ona bakamazsın ki...

Jacques, heyecanla haykırdı:

— Her zaman burada bulunacağım!

Nine:

— Hayır, yavrum, her zaman burada bulunamazsın. Çünkü babanla, annen giderken seni de götürüyorlar.

Jacques üzüldü, düşünmeye başladı. Kolunu sırtıma atıp, elini başıma dayamıştı. Birdenbire yüzü aydınlandı:

— Marsıvan'ı bana verir misin? diye sordu.

Nine:

— Sen ne istersen veririm. Ama Marsıvan'ı Paris'e götüremezsin.

Jacques:

— Evet, orası öyle ama, benim olursa, babamın bir şatosu olduğu zaman, onu da yanımıza alırız.

Nine:

— Tamam! Bu şartla senin olsun. O zamana kadar burada kalsın. Benden daha uzun zaman yaşayacaktır besbelli. Marsıvan'ın senin olduğunu, mutlu yaşamasına dikkat etmen gerektiğini de hiç unutmamalısın.

O günden sonra küçük Jacques beni daha çok seviyor gibiydi. Ben de yararlı, sevimli olabilmek için elimden geleni yapıyordum. Yalnız Jacques'a karşı değil, bütün ev halkına karşı öyleydim. Huylarımı düzeltmek için gösterdiğim çabadan pişman olmamıştım. Çünkü herkes gittikçe bana bağlanıyordu. Çocukların üzerlerine titriyordum. Her türlü kazaya engel olmaya, kötü insanlardan, hayvanlardan korumaya devam ediyordum onları...

Auguste sık sık eve geliyordu. Söz verdiği gibi hiçbir zaman da beni görmeden gitmiyordu. Her gelişinde ya bir elma, bir armut, ya da çok sevdiğim ekmekle tuz getirmeyi de unutmazdı. Kimi zaman de bir demet marulla birkaç tane havuç getirirdi.

Şimdi anlıyordum. Ben onun bazen kendini beğenmiş gibi görünmesini, aptallığını kötü huy diye görmekle ne kadar yanılmıştım.

Hatıralarımı yazmaya karar verişimin nedeni Henri ile öbür çocuklar arasında geçen uzun konuşmalardır. Henri benim bütün o yaptıklarımı anlamadan, neden olduğunu bilmeden yaptığımı ileri sürerdi. Öbürleri ise, hele Jacques, akıllı olduğumu, her şeyi bilerek yaptığımı söylerlerdi.

Dışarıda kalamayacağım kadar sert bir kıştan yararlanarak içeri çekildim, hayatımın önemli olaylarını yazmaya koyuldum. Bu kitap belki sizi eğlendirecektir, genç arkadaşlarım. İyilik beklediklerinize karşı iyi davranmanız gerektiğini de anlatacaktır size.

En aptal sandıklarınızın, sandığınız kadar aptal olmadığını da bilmelisiniz. Bir eşeğin de insanlar gibi başkalarını sevecek bir kalbi vardır. Mutlu ya da mutsuz, bir dost ya da düşman olabilir, her ne kadar zavallı bir eşek de olsa...

Mutlu yaşıyorum, herkes beni seviyor, küçük efendim Jacques bana bir dost gibi bakıyor.

Artık yaşlanmaya başlıyorum ama eşeklerin ömrü uzundur. Yürüyebildiğim, ayakta durabildiğim sürece de, beni sevenleri seveceğim.

# Yazar Hakkında

## Comtesse de Ségur

*Doğumu: 1 – AĞUSTOS - 1799, St. Petersburg/RUSYA*
*Ölümü: 9 ŞUBAT 1874, Paris/FRANSA*

Moskova Valisi'nin kızı Sophie Rostopchine, Kont Eugene de Ségur ile evlenip (1819) Paris'e yerleşmiş, torunlarına anlattığı öyküleri, daha sonra kaleme almış bir soyludur. Bir Eşeğin Anıları, Yeni Peri Öyküleri, Sophie'nin Yaramazlıkları, Küçük Örnek Kızlar ve Tatil adlı eserleri bugün klasikleşmiş çocuk kitaplarıdır. Kitaplarında kendi çocukluğunda yaşadığı çevreyi anlatır. Hatta Sophie'nin Yaramazlıkları'nda kendini anlattığı söylenir.

## İŞ ÇOCUK KLASİKLERİ

1. Seksen Günde Dünya Gezisi
2. Mutlu Prens
3. Bir Eşeğin Anıları
4. Mercan Adası
5. Küçük Prenses
6. İşte Öyle Hikayeler
7. Baskerville'lerin Köpeği
8. Bir Gazetecinin Yolculuk Notları
9. Kızıl İpucu
10. Alice Harikalar Diyarında
11. Tom Sawyer
12. Kimsesiz Kız
13. Denizde Bulunan Çocuk
14. Michel Strogoff
15. Peri Masalları
16. Sophie'nin Başına Gelenler
17. Tuna Kılavuzu
18. Peter Pan
19. Pinokyo
20. Define Adası
21. Altın Anahtar & Ağırlıksız Prenses
22. Oz Büyücüsü